돼지

정재용
지음

돼지

The Pig

범죄자들이 피해자를 지칭하는 은어

"그러면 어떻게 하실 건가요?"
"뭘 어떻게 해요! 이미 신고했잖아요. 진상규명을 해야죠."

바른북스

작가의 말

존 B 캘훈 박사는 풍족한 음식과 적당한 온도, 넉넉한 공간에 배설물도 치워줘 3,840마리의 쥐가 살 수 있는 조건을 만들었다. 1968년 7월, 4쌍 8마리의 쥐는 기하급수적으로 번식했고 2,200마리로 늘었을 무렵 치열한 경쟁을 했다. 그 결과 넉넉한 공간을 차지한 부유층과 좁은 공간으로 내몰린 빈곤층의 두 그룹으로 나뉘졌다. 경쟁이 심해질수록 부유층과 빈곤층 모두 출산율이 저하되고 새로운 현상이 나타났다. 동성애나 부랑자처럼 아무 의욕도 갖지 않는 개체가 생긴 것이다. 또한 수컷들은 먹고 마시며 몸단장에 치중하였다. 번식은 다시 일어나지 않았고 행동패턴은 영구적으로 바뀌었다. 결국, 개체군의 종말을 가져온 것이다.

현대인도 치열한 경쟁에 지쳐 출산율이 둔화되고 동성애가 늘고 있다. 구애에 관심이 없는 남성이 늘고, 구애를 하려는 남성은 꽃뱀의 타깃이 되었다. 성폭행과 성추행은 피해자가 고소해야만 공소가 제기되는 범죄였으나 2013년 6월 19일부터 반의사불벌죄로 바뀌었다. 즉 피해자의 고소가 없어도 수사하고 기소하여 처벌할 수 있다. 친고죄만 피해자가 처벌을 원치 않는다는 의사표시를 표명할 경우 처벌하지 못한다. 단 해당 의사표시를 1심 판결 이전까지 해야 성립되며 한번 표명한 의사는 번복할 수 없다. 선처를 해달라는 조건부 합의는 실형을 받을 수 있다는 점에서 무고는 중범죄에 해당한다.

먹고 먹히는 동물의 왕국에서 진실은 그다지 중요하지 않다. 단지 살아남은 자들이 승자일 뿐이다. 아무리 무죄라 생각해도 꽃뱀의 무서운 덫에 걸리면 빠져나오기 힘들다. 가령 카톡이나 문자로 남성을 유혹한 뒤, 정작 성관계 직전에 거부한다. 달아오른 남성은 함정이라 생각하지 못하고 무작정 관계를 맺으려 한다. 그 결과, 남성은 성추행이나 성폭행으로 낙인찍혀 피의자가 된다. 조사를 받는 와중에 꽃뱀은 합의를 유도하고, 이를 거절하면 피의자의 주변에 성폭행당했다고 알린다. 무고죄는 처벌이 약하기에 계속 늘고 있다. 그래서 2017년엔 성추행 무고로 인해 교사가 자살하는 사건도 있었다. 『돼지』는 실제 준강간 무고사건을 바탕으로 집필한 소설이다.

피의자로 조사를 받으면 주변의 따가운 시선에 대부분 소송 대신 합의를 하게 된다. 합의금은 대략 2천~3만 원 선이다. 합의를 거절하면 꽃뱀은 온갖 거짓말은 물론, 자신에게 유리한 녹음파일까지 들이대는 경우도 있다. 따라서 피의자가 아무리 무죄라 주장해도 재판에서 이기기 힘들다. 최근 들어 객관적 증거 없이 피해자의 일관된 진술만으로 처벌하는 사례가 늘고 있기 때문이다. 꽃뱀들은 무고를 해도 실형이 아닌 집행유예로 끝나는 경우가 많아 서식하기 좋은 생태계가 갖춰졌다. 변호사 또한 사건을 수임받는 암묵적 공생관계가 형성되었다. 더 이상 남성의 인권이 짓밟히지 않도록 법과 제도를 정비할 때이다.

차례

작가의 말

총괄 매니저 *10*

피소 *30*

무언의 협박 *42*

피의자신문 *63*

처음 말고 두 번째 *101*

공동정범 *115*

구세주 *124*

어긋난 계획 *149*

변심 *167*

총괄 매니저

　진수는 거울 앞에서 검회색 넥타이를 단정하게 졸라맸다. 180cm의 훤칠한 키에 체격도 좋아 검은 바지에 흰 와이셔츠가 잘 어울렸다. 마이를 단정히 갖춘 후 미소를 지어 거울에 비친 자신의 모습을 체크했다. 손님맞이 채비를 마친 뒤에야 호텔 카운터로 향했다. 진수는 32살의 젊은 나이에 우리더 호텔을 운영하는 데 필요한 거의 모든 일을 처리했다. 호텔 관리 및 인사 채용, 신입 교육 및 관리, 매출 관리, 감사 등등. 3성급 호텔이지만 59개의 객실과 야외 수영장, 간단한 조식 서비스를 제공했다. 게다가 비슷한 규모의 호텔을 2개 더 관리하는 총괄 매니저가 되었다. 작은 규모의 호텔은 일이 힘든 만큼 직원들이 수시로 퇴직했다. 24시간 맞교대에 휴가도 없고 취객이나 진상 고객에 시달려 3D 업종이었다. 월급을 많이 받아도 근무시간이 길어 실질적으로는 최저시급이나 다름없었다. 그래서 개중에는 수입금에 손을 대거나 퇴사 후에는 고용노동부에 신고해 시간 외 수당을 요구하기도 했다. 장기 근속자가 드물어 호텔에 입사한 지 불과 3년, 햇수로 4년 만에 진수는 매니저가 되었다.

　호텔 매니저가 되면서 일근을 하게 되었지만 자정까지 걸려오는 긴급 전화도 받았다. 설비나 기계 오작동으로 인한 보고는 물론, 진상 고객의 난동으로 늦은 밤 일터로 달려가 해결한 적도 있다. 총괄 매니저가 되면서 워라밸은 사라졌고 근무지인 용인 외에 인천지점을 오가며 일손을 돕기도 했다. 진상 고객 중에는 퇴실 시간을 안 지키는 것은 물론 객실 내 전화선까지 뽑아버린 경우도 있었다. 손님이 퇴실한 줄 알고 문을 열었다가 성추행범으로 몰린 적도 있다. 퇴실 시간이 한참 지나 청소를 위해 마스터키로 문을 열었다가 신발이 보여 바로 닫았다. 하지만 여성 손님이 성추행으로 경찰에 신고했다. 알몸으로 있는데 직원이 객실로 들어왔다고 했지만 복도에 설치된 CCTV로 무고임이 밝혀졌다. 객실에서 귀걸이를 떨어뜨렸는데 찾지 못하겠다고 대신 찾아달라는 경우도 있었다. 만실로 빈방이 없다고 하면 거짓말하지 말라며 시비를 거는 취객도 종종 있다.

　진수의 아버지는 삼천 평의 대지에 3채의 드라이브인 무인호텔을 꿈꿨다. 천 평에 1채씩 총 3채를 신축할 예정이었다. 호텔 사업을 준비하며 진수에게 미리 호텔 일을 배우도록 했다. 마지못해 시작한 일이라 한때는 몇 달씩 쉬다가 직원이 갑자기 퇴사하면 단기 계약으로 일하기도 했다. 직원을 채용할 때까지만 일했기에 월급을 더 많이 받았다. 하지만 어느 정도 익숙해지자 그다지 힘들지 않고 나름 자부심도 생겼다. 자기 사업처럼 일하다 보니 더 오래된 직원들을 제치고 총괄 매니저가 되었다. 진수의 사장님은 호텔 사업에 잔뼈가 굵어 망해가는 호텔이 있으면 헐값에 인수했다. 리모델링 후 정상화시켜 되파는 방식으로 짭짤한 수입을 올렸기에 부동산투자에도 관심이 많았다. 지금은 3개의 호텔만 운영하지만 더 많은 호텔을 운영한 적도 있었다. 연세가 많아 할머니 회장님으로 불렀는데 주로 수금 위주로 호텔을 찾았다. 대신 결혼 컨설팅 사업을 하는 큰아들 강덕준 대표가 매주 한 번씩 직원들을 관리했다. 현금과 관련 없는 일은 총괄 매니저인 진수에게 모두 위임했다. 회장님의 자녀들은 각자 다른 사업을 하고 있어 진수가 그만두면 곤란할 지경이었다. 그래서 할머니 회장님이 월급 외에도 가끔 용돈을 쥐여줬다.

　진수는 한때 동거도 했지만 결혼할 마음이 없었다. 아이를 낳아 힘들게 사느니 여유로운 싱글로 살고 싶었다. 굳이 결혼을 해야 한다면 집도 장만하고 재물도 모아 안정적일 삶을 이룬 뒤였다. 하지만 동갑내기 애인은 그때까지 기다릴 수 없었다. 현실적인 갈

등으로 다른 남자와 바로 결혼했다. 어쩌면 당연한 결과일 수밖에 없다. 남녀 간의 관계가 영원히 지속된다는 보장은 없다. 결혼은 서로 진정으로 원할 때 할 수 있는 것이지 일방적인 사랑으로 할 수 있는 게 아니다. 오랜 기다림 끝에 결혼을 해준다는 보장도 없고 너무 늦은 나이의 초산은 아이에게도 좋지 않다. 여자 나이 서른이 넘어가면 독신으로 살 확률도 높아진다. 혼기를 놓친 여성은 잦은 짜증과 사소한 일에 화를 내는 히스테리가 생긴다. 노처녀 히스테리는 자궁병이라고도 하며 심한 불안감이나 심장박동수가 빠르게 뛰는 가슴 통증과 무력감 등을 느끼게 된다.

진수는 늦더라도 조급하게 쫓기듯 결혼할 생각이 전혀 없었다. 영화배우 빈 디젤도 결혼하지 않고 16살 연하인 팔로마 히메네스와 3명의 자녀를 낳았다. 하지만 결혼은 둘째 치고 아이도 갖고 싶지 않았다. 한 번의 선택으로 발목에 결혼이란 족쇄를 채워 영원한 노예가 되는 게 싫었다. 게다가 여자와 달리 남자는 늙어도 아이를 가지는 데 문제가 없다고 믿었다. 상남자인 아버지의 영향을 많이 받은 탓이다. 아버지는 50대의 알랭 들롱이 아이를 가져도 현재의 늙은 알랭 들롱의 모습이 아닌 젊은 알랭 들롱의 모습으로 나올 것이라 했다. 건물로 빗대면 남자는 설계도이고 여자는 건축자재라는 것이다. 설계도대로 건물을 지으면 똑같은 건물을 완성할 수 있지만 건축자재는 다르다. 좋은 자재를 써야 건물이 더 화려하고 튼튼하다. 반대로 오래된 건축자재를 쓰면 똑같

건물이라 할지라도 볼품없고 쉽게 무너질 것이다. 그래서 '여자만 젊으면 남자의 나이는 아무 문제 없다'는 주의였다. 하지만 내 사업을 하겠단 태도는 신념이 되어 행동으로 나타났다. 설사 아버지의 호텔 사업이 무산되어도 그만둘 생각이 없었다. 아버지의 호텔 사업은 첫 삽을 뜨기도 전에 반도체클러스터 공장부지로 수용되었다. 그러니 힘들게 호텔을 지어도 보상비만 받고 내줄 처지였다. 더군다나 경기마저 나빠져 적자로 돌아선 호텔이 늘었다.

 인천지점 나랑더 호텔 또한 진수의 근무지인 우리더 호텔과 달리 적자를 겨우 면했다. 인근 호텔과의 경쟁도 치열했지만 호텔 대실비나 숙박비는 10년 넘게 그대로였다. 하지만 부대비용과 인건비는 계속 올라 최소한의 인원으로 운영하다 보니 직원이 말도 없이 그만두면 타격이 컸다. 24살 이은주, 키도 크고 날씬해서 회색 투피스가 잘 어울리는 신입직원이었다. 옅은 화장을 한 청순한 얼굴이 눈에 띄었다. 호텔 일을 배우고 싶다고 찾아와 근무 중인 정운영 과장이 면접을 봤다. 며칠 전 퇴사한 캐셔의 빈자리가 컸기에 바로 채용되었다. 진수는 인천지점 나랑더 호텔로 출근하며 일손도 돕고 신입 교육도 하게 되었다. 은주는 출근한 지 며칠 만에 총괄 매니저와 첫 근무를 같이했다. 정 과장이 호텔 전반에 관한 교육을 한 상태라 진수는 세부적인 업무를 가르쳤다. 은주는 캐셔로 근무하며 일주일에 한 번 진수에게 교육을 받았다. 진수는 두 번째 교육을 마치고 용인으로 퇴근하는 길에 은주를 집에 바래

다주었다. 진수의 차는 사륜구동 오렌지색 랭글러 루비콘으로 가죽시트도 오렌지색으로 화려했다. 아버지가 사냥 다닐 때 타는 차였기에 사냥 시즌이 끝나 진수가 타고 다녔다.

진수의 아버지 김중만은 수렵면허가 있어 시즌마다 '수렵야생동물포획승인신청'을 했으나 몇 년째 떨어졌다. 수렵 허가를 내주는 지자체는 갈수록 줄고, 9시 정각에 인터넷에 접속해도 접속이 되다 말고 5분 만에 마감되었다. 그 뒤로는 은행에서 접수했지만 창구에서도 접속이 느려 허탕을 쳤다. 전국의 엽사가 겨울에만 몰리다 보니 접속이 지연되고 접속이 된 후엔 이미 마감되었다. 결국 랭글러 루비콘은 자연스럽게 진수의 차지가 되었다. 계속 타고 다녀서 직원들조차 진수의 자가용으로 알고 있었다.

진수는 퇴근 중에도 은주에게 회사에 필요한 얘기를 해주었다. 은주는 고개를 끄떡이다 물었다.
"네, 알겠습니다. 그런데 저희는 회식 같은 거 해요?"
"여기는 잘 모르겠어요. 용인에선 종종 술자리를 갖긴 하는데…"
"그럼, 저희도 빠른 시일 내에 자리를 가져요."
은주는 활짝 웃으며 눈웃음을 쳤다.
진수가 근무하는 용인 우리더 호텔에선 직원들과 술자리를 자주 가졌지만 인천에선 회식할 기회가 거의 없었다. 술을 마시면 용인까지 택시를 타거나 대리운전을 불러야 하는데 그 비용이 만만치 않았다. 대중교통을 이용하는 것도 힘들고 인천으로 계속 출퇴근하는 것도 아니어서 차를 두고 갈 수도 없었다.

진수와 은주는 단지 매니저와 캐셔일 뿐이었다. 하지만 교육을 받던 은주는 자연스럽게 회식 얘기를 꺼냈다.
"지배인님 밥 한번 사주셔야죠!"
지배인은 호텔을 책임지고 영업주를 대리하여 모든 행위를 할 수 있는 직책이다. 매니저 또한 호텔의 경영자나 책임자를 영어로 말한 것이라 같은 뜻이다. 작은 호텔은 지배인이라는 말을 더 많이 썼다.
"그래야죠, 다음에 가요!"
진수는 총괄 매니저로서 고충 처리나 격려 차원에서 신규 직원과 항상 회식 자리를 마련했다. 여러 번 식사 얘기를 했기에 날을 잡으려 했다.
"오늘 저녁에 시간 괜찮아요?"
"네, 그런데 오늘은 몸이 좀 안 좋아서요."
기온차가 큰 3월 초라 은주는 감기 기운이 있었다.
"그럼 오늘 말고 다음에 해요."

진수가 퇴근할 무렵, 은주는 감기 기운이 많이 좋아졌다고 했다. 말이 나온 김에 진수는 랭글러 루비콘에 은주를 태워 번화가에 있는 식당을 찾았다. 사람들로 제법 붐비는 삼겹살 전문 식당으로, 상호명은 '우람돈'이었다. 격식을 차릴 필요 없이 식사하며 고충 처리도 할 요량이었다. 진수는 6시 퇴근이지만 은주의 퇴근 시간에 맞추다 보니 식당에 도착한 시간은 8시였다.

"여기가 삼겹살 맛집입니다."

"네…"

"음료수는 콜라? 사이다?"

"맥주요! 맥주 마실게요."

"술은 잘 못한다 했잖아요?"

진수는 회사 단톡방에 올라온 은주의 댓글을 본 적이 있어 물었다.

"소주는 잘 못하는데 다른 술은 괜찮아요."

"아 그래요! 그렇게 하세요, 맥주는 어떤 걸로?"

"카스로 마실게요."

"그래요, 여기 카스 주세요."

진수는 카스 한 병과 삼겹살 2인분을 주문했다. 종업원은 맥주와 함께 잔을 2개 가져왔다. 진수가 은주에게 맥주를 따라주고 식탁에 내려놓자 은주도 진수에게 맥주를 따라주려 했다.

"한잔 드세요."

"아니 괜찮습니다. 차를 가져가려구요."

진수는 삼겹살엔 맥주보다 소주를 먹는 데다 용인으로 갈 생각에 고민했다. 피크 시간에는 인천에서 용인까지 대리비만 6~7만 원가량 나오기에 한두 잔 마시고 가려니 너무 아까웠다. 게다가 식사 중에 기회를 봐서 업무 얘기를 꺼내야 했다. 최근에 오버부킹뿐만 아니라 매출 감소로 사장님의 불호령이 있었다. 그 이유가 은주로 밝혀졌기에 진수는 식사를 하며 자연스럽게 대화를 이어가려 했다.

"일은 힘들지 않으세요?"
"아니요, 괜찮아요."
"혹시 일하는 데 불편한 사항이나 궁금한 것은…"
진수가 은주의 눈치를 살피며 묻자 은주는 맥주를 들이켰다.
"지배인님도 한잔 드세요."
"아 괜찮습니다. 저는 맥주보다는 소주를 좋아해서."
"그럼 소주를 시킬까요?"
"아뇨, 괜찮습니다. 오늘 정 과장 쉬는 날인데 오라 할게요."
진수가 정운영 과장에게 전화하려 하자 은주가 말렸다.
"저기 지배인님, 정 과장님은 제가 불편해서…"
"왜요? 정 과장과 무슨 일 있어요?"
"아니 그게…"
은주가 머뭇거리자 진수는 고개를 갸웃거렸다. 본인을 채용한 정 과장과 가깝게 지내는 줄 알았는데 뜻밖의 반응이었다.

"정 과장은 안 부를 테니 편히 먹어요."

은주는 맥주를 연거푸 들이켠 후에야 말했다.

"사실은 정 과장님이 저를 좋아하시는데 제가 많이 부담스러워서…"

진수는 은주의 말에 쫑긋 귀 기울였다. 인천은 강덕준 대표가 자주 찾는 곳으로 최근에 매출이 많이 떨어졌다는 연락을 받았다. 알고 보니 은주가 할 일을 정운영 과장과 홍진국 과장이 대신하고 있었다. 정 과장과 홍 과장은 틈만 나면 은주와 시시덕거리느라 정신없었다. 일을 할 시간에 은주의 곁에서 맴도니 영업에 지장을 줄 수밖에 없었다. 그래서 적당한 기회를 봐서 한눈팔지 말고 열심히 일해달라고 하려던 참이었다. 그런데 자신의 생각과는 완전히 달라서 자세히 들어보기로 했다.

"술 한잔 더 사주시겠어요?"

"많이 마신 것 같은데 괜찮겠어요?"

진수는 은주의 얘기를 들어주느라 대리운전을 부를 각오로 소주를 한두 잔 마시게 되었다. 은주는 마시던 맥주에 진수가 주문한 소주까지 섞어 소맥으로 마셨다. 하지만 그리 취한 기색도 없고 소맥은 잘 마신다고 허세를 부렸다.

"술도 못한다면서, 많이 마신 거 아닌가요?"

"저는 원래 술 좋아해요. 우리 2차 가요."

"저도 어차피 술을 마셨으니…"

진수는 집에 가려던 계획을 접고 은주와 한잔 더 마시기로 했다.

"그럼 2차는 가까운 곳으로 가요."

"네, 맛있는 거 사주세요!"

진수와 은주는 '우람돈'에서 나가자마자 맞은편 '단도리'로 자연스럽게 발길을 옮겼다. 생맥주와 꼬치, 튀김 등 다양한 안주를 파는 술집이었다. 다른 술집과 드물게 하이볼과 사케 등 일본 술도 팔았다. 진수는 생맥주나 한두 잔 사주려 했는데 은주는 하이볼을 마시겠다고 했다. 술을 마시며 대화를 이어가던 진수는 잠시 업무 얘기를 했다.
"제가 호텔 일 처음 해보는 거라 그래요."
매출 관리나 근무태도에 대한 지적에 은주가 입을 열었다.
"회사에서 말하기 힘든 거라 이런 자리를 빌려 얘기하게 되네요."
"사실 정 과장님 때문에 계속 신경을 쓰다 보니 더 그랬어요."
"그렇군요, 정 과장에겐 따로 얘기할게요. 매출만 신경 써줘요!"

하이볼을 마시는 동안 어느덧 분위기가 무르익었다.
"제가 학교 다닐 때부터 좀 부족한 게 많았어요."
"그래요. 어떤…"
"제가 잘하는 게 별로 없었거든요!"
"앞으로 열심히 배우면 되죠!"
"지배인님, 저 어떻게 생각하세요?"
"호텔 일은 그리 어려운 건 없으니 조금만 더 신경 써주시면…"
"그런 거 말구요, 제가 남자친구가 있다 해도 정 과장님이 저를 좋아하는 것 같아요."

"정 과장한테는 내가 잘 말해볼게요. 남친은 잘해줘요?"

"아니요, 헤어진 지 4개월쯤 됐어요."

"아이구, 많이 힘들겠어요."

"괜찮아요, 남친이 별로라 금방 잊었어요."

"다행이네요. 정 과장 일만 잘 해결하면 되겠네요."

"…"

"…"

"저는 진짜로 정 과장님보단 지배인님이 좋아요."

은주는 정 과장이 자신을 좋아하는 건 부담스럽다면서 진수에게는 호감을 표했다. 진수는 생각지 못한 말에 당황했다.

"술이 너무 과하신 것 같아요!"

"저는 소주 빼고 잘 마셔요. 안 취했어요."

"너무 갑작스러워서…"

"…"

"…"

"애인은 없는 거죠?"

"네, 예전에 사귀던 여친이 있었는데 지금은 없어요."

"그럼 잘됐네요, 저도 혼자고 지배인님도 혼자고…"

진수는 갑작스러운 고백에 잠시 고민했다. 회사를 다니며 사내 연애는 생각해 본 적이 없었다.

"제가 일만 하느라 이런 일은 한 번도 생각해 본 적이 없어서…"

"저도 그래요, 지배인님."
은주가 볼그스레한 얼굴로 진수를 쳐다봤다.

진수는 사내 연애를 하다 잘못되면 곤란한 일이 생길 수 있다고 믿었다. 지금까지 쌓아온 커리어가 무너질 수 있다는 생각에 혼란스러웠다. "술집 사장이 자기 가게 종업원을 건들면 같이 잔 종업원이 일하는 사람들에게 마누라 행세를 한다. 그래서 술집 사장은 자기 종업원을 안 건드린다."는 얘기를 들었던 터였다. 공감 가는 말이라 자신도 사내 연애는 생각조차 안 했다. 하지만 이것저것 따질 때가 아니었다. 진수는 정말로 자신과 사귀고 싶은 것인지? 다시 확인했고 만나더라도 인천은 자주 못 온다 했다.
"많이 와야 일주일에 한 번 정도."
"자주 못 보면 어때요, 일주일에 한 번이면 되죠."
"정말 그렇게 생각해요?"
"그럼요, 그 정도는 알고 있어요."
멀리 있어도 자신을 기다릴 수 있다는 말에 진수는 완전히 무너졌다.

둘은 어느덧 오래된 연인처럼 주거니 받거니 희희낙락하며 웃음꽃을 피웠다. 말도 놓고 소소한 잡담을 나누다 보니 자정이 다가와 슬슬 파장하는 분위기였다. 거나하게 마신 은주가 오히려 더 아쉬워했다.

"우리 마지막으로 나가서 한잔 더 하자!"

"자정이 다 돼서, 갈 곳이 마땅치 않은데."

손님들이 거의 다 빠졌기에 종업원들이 식탁을 치우느라 분주했다.

"방 하나 잡아서 마시면 되지!"

"그럴까. 어차피 대리운전 부르나 모텔에서 자나 큰 차이 없는데…"

1일 차 연인이 되어 말을 놓던 은주와 진수는 마주 보며 끓어오르는 욕정을 숨겼다. 이미 눈빛만으로도 거사를 치렀지만 명분이 필요했다. 진수는 남자가 먼저 껄떡거리면 안 된다는 것을 잘 알고 있었다. 하지만 넝쿨째 굴러들어 온 떡을 차버릴 정도로 바보는 아니었다.

"그럼 빈방이 있나 검색해 보자."

"여기가 좋겠다."

둘은 의기투합하여 야놀자에서 별점이 많은 호텔 중 가까운 곳을 골랐다. 호텔로 가는 길에 편의점에 들러 술과 안주를 샀다. 술과 안주는 핑계였지만 은주가 마시고 싶다는 청하를 골랐다. 차가운 바람을 맞으며 서둘러 두리자 호텔에 도착했지만 카운터엔 직원이 없었다. 카운터 주변을 기웃거리다 벨을 먼저 발견한 은주가 벨을 힘껏 내리쳤다.

'땡땡땡'

연거푸 내리쳐도 직원이 나오지 않자 로비 주위를 서성거렸다.

마침 엘리베이터를 타고 내려온 직원이 더 좋은 객실로 업그레이드해 주겠다며 카드키를 진수에게 건넸다.

'609호'

진수는 카드키를 받으며 번호를 확인했다. 둘은 엘리베이터를 타고 6층에 내려 객실을 찾아 복도 끝까지 갔다 되돌아왔다. 609호는 반대편 통로에 있는데 다급한 마음에 미처 확인을 못 했다. 객실을 찾아 들어간 진수와 은주는 일단 숨을 돌렸다. 진수는 바로 한잔 마시고 자려 했으나 은주는 광어회가 먹고 싶다 했다. 진수는 입맛을 다시며 배달의 민족으로 광어회를 주문했다.

"회에는 소주가 최곤데."

"청하도 맛있어."

"그래 한번 먹어보자!"

"기다리는 동안 씻을까?"

광어회를 기다리는 동안 진수와 은주가 번갈아 샤워하고 나오니 배달 도착 메시지가 울렸다. 둘은 가운을 입은 채 테이블에 청하와 광어회를 세팅하고 의자를 나란히 붙였다. 청하를 컵에 따라 러브샷을 하고 소소한 얘기를 나눴다. 어느새 시침이 자정을 넘어 1시로 뛰어갔다.

"오빠 나 머리 아픈데 내일 쉬면 안 돼?"

"안 되죠."

"아니, 내가 머리가 아파서요."

"사장님이 알면 내가 곤란해!"

은주가 머리 아프다며 '하루 쉬겠다' 하자 진수는 술이 확 깼다. 자신은 고주망태가 돼도 무조건 출근하는데 술 좀 마셨다고 출근하지 않겠다니…! 멀쩡히 술 마시다 말고 출근하기 싫다는 말이 도통 이해가 안 되었다. '이러려고 나와 사귀자 한 건가?' 하는 싸한 느낌에 녹음을 했다.

"나 정말 머리 아픈데요."

"아니 내가 사장이 아니잖아! 너 혹시 나 이용하는 거야?"

"아니야 오빠, 내가 진짜 머리가 아파서 그래요."

"안 돼, 내일 11시 출근이니 10시간은 잘 수 있잖아!"

"그죠."

"출근할 수 있죠?"

"네."

"아이구 이뻐라!"

은주는 자신보다 업주의 입장에서 말하는 진수 때문에 속상했다. 그저 자신의 편을 들어주길 바랐다. 애초에 진수에게 말할 게 아니라 출근 전에 회사로 연락해 몸이 아프다 했으면 그만이다. 하지만 진수에게 응석을 부린 것이다. 아니면 취기가 올라 미처 생각하지 못한 것일 수도 있다. 진수 또한 처음부터 거절할 게 아니라 적당히 둘러댔어야 했다. 정 힘들면 회사로 전화하라든가, 아직 시간이 있으니 좀 더 생각해 보자고 달랬어야 했다. 술을 마시다 핸드폰 화면이 켜진 것을 본 진수가 물었다.

"너 뭐 한 거야? 녹음한 거야?"

진수는 은주 또한 자신처럼 녹음을 하나? 싶었다.

"아무것도, 아무것도 안 했어요."

"마이크 본 것 같은데."

"진짜 아무것도 안 했어요. 보여드릴까요?"

은주가 핸드폰을 내밀 때 화면에 전화 수신 표시가 떴다.

"뭐야, 전화 오는데."

"잠깐 전화만 받을게요."

은주는 전화를 받자마자 갑자기 욕을 해댔다.

"씨발 끊어… 야, 찾아와 봐 한번… 니 못 찾아올 거 다 알아… 지랄하네, 씨발 진짜 말이 존나 많네, 야, 찾아와 봐."

"그냥 끊어."

진수는 조용히 은주에게 손짓을 했다.

"꺼져 내가 왜 바꿔야 돼… 찾아와 봐… 찾아와 봐!!! 좆 까는 소리 좀 하지 마 진짜로…"

은주가 고래고래 소릴 지르다 전화를 끊자 진수는 당황했다.

"왜 누군데. 이렇게 싸워!!!"

"전 남자친구."

"응, 전 남친이 왜?"

"몰라 자꾸 시비 걸잖아."

"언제 헤어졌는데?"

"작년에…"

"근데 왜 자꾸 전화를 해."

"몰라, 진짜 헤어졌다니까! 그냥 계속 전화 오는 거야."

"지금 헤어진 게 아니고 작년에 헤어진 게 맞아?"

"응 맞아. 11월에 헤어졌는데 자꾸 전화하는 거야."

은주는 잔뜩 인상을 찌푸리며 말했다. 벌써 4개월이나 지났는데 그동안 미친 듯이 매일 전화가 와서 받으면 끊는다는 거였다.

"너 혹시 나한테 숨기는 거 없어?"

"아니, 없어."

"진짜로 다 솔직하게 얘기한 거야?"

"응."

"나 정말 만나고 싶어?"

"응, 오빠 만나기 싫었으면 말을 아예 안 꺼냈지!"

"나랑 같이 있는 게 좋은 거 맞지?"

"응, 그거 아니었으면 그냥 갔지."

"어이구 예뻐라 이거 먹어."

진수는 광어회를 집어 은주의 입에 넣어주었다.

"맛있쪄."

"응응, 맛있쪄."

진수는 은주의 욕설에 잠시 놀라긴 했지만 다시 분위기가 무르익자 서둘러 거사를 치르려 했다. 먼저 은주의 머리를 천천히 쓰다듬으며 분홍빛 입술에 자신의 입술을 살포시 포갰다.

"아야야."

진수는 은주에게 키스하려다 깜짝 놀라 외쳤다.

"너 싸패냐?"

"미안해, 미안."

"혀가 뜯기는 줄 알았어."

"미안해…"

"하지 말까?"

"아니야 왜."

"뭘 원하는 거야? 나 진짜 아파."

"미안…"

"알았어, 벗어봐."

"…"

은주가 오히려 양손을 교차하여 가운을 꽉 움켜쥐자 진수는 직접 벗기려 했다. 하지만 은주는 싫다는 듯 오히려 몸을 틀었다.

"안 돼, 안 돼."

"왜 안 돼, 벗어봐!"

"안 돼."

"안 벗을 거야?"

"응."

"그럼 안 벗길게."

은주가 벗지 않겠다 하자 진수는 이상하다 생각했다.

"이건 좀 이상해. 너 많이 먹었다고 하는데…"

"으응."

은주는 가운을 벗을 듯 말듯 진수의 애를 태웠다.

피소

    3월 5일 화요일, 아침 8시경 진수는 침대에 누워 있는 은주를 남겨둔 채 출근 시간에 맞춰 호텔을 나섰다. 앞서 은주는 '머리가 아프다, 출근하지 않으면 안 되냐?'는 투정을 부렸다. 하지만 진수는 "무단결근보다는 차라리 지각을 하라."고 타박했다. 진수는 은주가 11시까지 출근이라 좀 늦더라도 오후에는 출근하길 바랐다. 하지만 은주는 침대에 누워 이불을 덮어쓴 채 아무런 대꾸도 하지 않았다. 진수는 방을 나서려다 바닥에 흐트러진 은주의 옷가지를 가지런히 정리해 침대맡에 올려주었다. 진수가 방을 나가며 은주에게 마지막 인사를 했다.
    "나 먼저 출근할게."

"오빠 나 정말 머리 아파."

은주가 이불 사이로 얼굴을 내밀며 외쳤다.

"그러니까, 쉬다가 늦더라도 출근해."

"그냥, 출근 안 하면 안 돼?"

"응 안 돼, 내가 사장도 아니잖아! 쉬다 나와, 먼저 갈게."

진수는 단호히 말하곤 은주를 뒤로한 채 서둘러 방을 나섰다. 출근하는 내내 너무 야박하게 말했나! 싶은 생각도 들고 은주가 무단결근을 할까! 걱정도 되었다. 머리가 아픈 건 술을 많이 마셔서 그런 것이지, 아파서 그런 건 아니라 생각했다. 게다가 직원들에게 사내 연애를 알리고 싶지 않았다. 직원들이 같이 저녁 먹은 걸 아는데 다음 날 출근을 안 하면 의심할 것 같았다. 연애한다는 소문이라도 나면 직원들에게 명이 안 서고 불편할 거라는 생각뿐이었다.

진수는 근무지인 용인 우리더 호텔로 가려다 차를 돌려 인천지점인 나랑더 호텔로 출근했다. 하루 더 지원하겠다는 핑계를 댔지만 은주가 계속 마음에 걸렸다. 평상시처럼 직원들을 도와 서비스로 제공하는 라면과 커피 등 부족한 식음료를 채워 넣었다. 퇴실 손님도 맞이하고 간간이 객실 청소 팀도 도왔다. 함께 일하던 정 과장의 주머니에서 핸드폰이 울린 건 오전 11시가 다 될 무렵이었다.

"은주 씨, 어디예요?"

"제가 머리가 아파서 출근을…"

"아 네, 출근 못 하신다고요!"

"네 죄송해요."

"알겠습니다. 많이 불편하…"

정 과장의 말이 다 끝나기도 전에 은주는 전화를 끊었다. 정 과장은 침울한 얼굴로 바로 옆에 있던 지배인에게 보고했다.

"저, 은주 씨인데, 머리 아파서 출근 못 하겠다는데요."

"다른 말은 없어요?"

"네, 자기 할 말만 하고 끊었습니다."

"네, 알겠습니다."

진수는 교제 사실을 숨기려고 사무적인 말투로 대답했다. 자신이 우려한 대로 공과 사가 무너질 것을 염려했다. 자신과 사귄다는 핑계로 일은 안 하고 직원들을 부리려는 것은 아닌지? 아니면 정말 아픈 것인지? 사뭇 걱정되었다. 그렇다고 은주에게 바로 전화하기도 거시기했다. 평상시에도 근무 중에는 직원을 의식해 사적인 전화는 하지 않았다. 지배인은 근무시간에 전화하면서 직원들에겐 하지 말라는 말은 명이 안 선다는 생각이었다. 그래도 중간에 몇 번이나 연락을 하고 싶었지만 꾹 참았다. 은주 또한 어떠한 연락도 없었다. 진수는 퇴근하자마자 은주에게 '머리 아픈 건 괜찮아?' 하는 카톡 메시지를 보냈다. 하지만 은주는 보기만 할 뿐 답신을 안 했다. 1시간이 넘도록 답신이 없자 진수는 많이 서운했나? 싶어 '전화할 수 있을 때 연락 줘' 하고 다시 카톡을 보냈다. 하지만 이번에도 확인만 할 뿐 답신이 없어 전화를 했다. 계속 받지를 않아 몇 차례 시도 끝에 포기했다.

진수는 은주를 달래주려 했지만 연락이 닿지 않자 답답했다. 출근하라 했다고 서운한 것인지? 아님 다른 문제가 있는 것인지? 별의별 생각이 다 들었다. 용인 집으로 퇴근해 저녁을 먹고 막 쉬려고 할 때였다. 경찰의 전화를 받은 건 늦은 저녁인 9시 30분경이라 보이스피싱인가 의심했지만 뭔가 달랐다.
"서인천 파출소 장일구 경장입니다."
"네 무슨 일로…"
"김진수 씨 맞나요?"
"네, 맞습니다."
"오늘 범죄혐의로 피소되어 조사받아야 할 것 같습니다."
"제가 무슨 죄를 지었단 말인가요?"
"아직, 말씀드릴 수 없습니다."
"그럼, 누가 신고한 건가요?"
"오시면 알려드리겠습니다."
진수는 전화를 끊으며 은주 외에는 딱히 생각나는 사람이 없었다. 싸한 느낌이 든 진수는 은주에게 전화했지만 받지를 않았다. 결국, 자신을 '성폭행으로 신고했다'는 생각에 은주에게 분노의 카톡 메시지를 보냈다. '방금 경찰한테 연락받았어, 너와 관련된 것 같은데 잘 생각해라! 나도 마지막 기회를 준다!' 진수는 머리끝까지 화가 났다.

 진수가 서인천 파출소로 향한 지 10분 만에 낯선 전화가 왔다. 운전 중이라 스피커폰을 켜자 단조로운 남자의 목소리가 흘러나왔다.
 "안녕하세요, 은주 남자친구입니다."
 "누구시라구요?"
 "은주 남자친구입니다."
 "그런데요?"
 진수는 생각지 못한 전화에 당황스러웠다.
 "통화 가능하세요?"
 "은주는 남자친구 없다고 했는데요?"
 "남자친구 맞습니다."
 "말씀하세요."
 "어제 제가 전화할 때 같이 계셨던 분이죠."
 "그런데요."
 들고 보니 목소리가 비슷한 것 같아 진수가 퉁명스럽게 대꾸했다.
 "음…"
 남자가 잠시 숨을 고르는 사이, 진수는 주저리주저리 변명했다.
 "은주 말로는 헤어진 지 한참 되었는데 자꾸 전화해서 욕한 거라 했어요."

"어떻게 되신 건지 얘기 좀 해주시겠어요? 저기, 실례지만 나이는 어떻게 되세요?"

"네 32살입니다."

진수는 실례인 줄 알면서 왜 물어봐! 하는 생각과 달리 즉시 대답했다.

"은주가 좀 어린데 저는 35살입니다. 이렇게 나이 먹고 좀 당황스럽긴 한데…"

진수는 '지가 나이가 많은데 어쩌라고!' 하는 생각에 물었다.

"그래서 뭐가 궁금하신데요?"

"제가 전화한 이유는 어제 왜 술을 드셨는지, 어떤 일이 있었는지 좀 알고 싶어서요."

"술을 먹다가 방 잡아서 한잔 더 먹고 싶대요. 그리고 안주로 광어회가 먹고 싶다고 해서 배달시켜 먹었어요."

"네 그래서 어떻게 된 거죠?"

"그리고서 그렇게 된 거죠."

떡은커녕 섹스란 말은 입 밖으로 꺼내지도 않았지만 다 알아들었다. 이게 무슨 『홍길동전』도 아닌데 떡을 떡이라 못 하고 대충 둘러댔지만 남친이란 작자도 알아들었다.

"그래서 같이 잔 건가요?"

"그렇죠."

"그러니까 저는 그날 무슨 이유로 갑자기 술을 먹게 됐는지? 제가 그날 은주를 기다리고 있었거든요."

"남친과는 작년 11월에 헤어졌다고 했는데요?"

진수는 도리어 의심이 들었다. 잔 건 잔 거고 어떻게 알게 되었나? 싶었다.

"아니요, 저희 집에서 거의 자고 출퇴근도 같이 해요. 그리고 은주는 술을 못 마셔요."

"남자친구분이랑요?"

진수는 4개월 전에 헤어졌다는 남친이 같이 살다시피 한다는 말에 황당했다.

"네, 집도 왔다 갔다 하는데…"

"네에."

'그냥 전 남친이 아니라 동거하다시피 하는 연인이라니?' 진수는 말도 안 된다 생각했다.

"어떻게 들릴지 모르지만, 어제도 같이 퇴근하려고 기다렸는데 무슨 연유로 갑자기 술을 마시게 되었는지…"

"정상적인 연인 맞아요? 어제 그렇게 쌍욕을 하던데."

"아니, 원래 같이 퇴근하려 했는데 얘기 들어보니까 계속 밥을 먹자고 했다던데요."

"밥은 먹었죠."

"그러니까 저는, 제가 궁금한 것은 은주가 술을 잘 못 먹거든요,

조금만 먹어도 인사불성이 되는 애라 기억도 못 하고. 욕하는 것도 한두 번이 아닌데 그건 어떻게 얘기했나 모르겠네요."

"그럴 리가요? 인사불성도 아니고, 지금 파출소 조사받으러 가거든요!"

진수는 쉬지도 못하고 파출소로 불려 가는 길이라 단단히 화가 났다. 자신과 대작할 만큼 잘 마셨는데 뭔 소리인지? 그래서 한마디 했다.

"저는 녹취파일이 있습니다. 가서 해명할 거니까 나중에 보시죠!"

"아니 저도 은주랑…"

"더 이상 그쪽과 할 말이 없어요."

"아니 저는 왜 같이 밥을 먹게 되었는지?"

"그건 은주가 계속 밥을 먹자 해서 처음 먹은 겁니다."

"은주가요?"

"밥은 먹을 수 있죠! 계속 먹자고 했는데."

진수는 밥만 먹은 게 아니지만 딱 잡아뗐다.

"이번이 처음이세요?"

"그렇죠, 은주가 술도 먹자 했고, 방 잡아서 더 먹자 했어요."

"걔가 먼저 먹자고 했다고요?"

"일단 조사받겠습니다."

"일단 알겠습니다."

진수는 피로가 쌓인 데다 생각지 못한 전화 때문에 파출소로 가는 내내 짜증이 났다. 통화를 끊고 나니 '이 남자가 신고했나?' 하는 생각마저 들었다. 그래서 진수는 잠시 망설이다 걸려온 번호로 연락했다. 남친이란 사람은 바로 전화를 받았다.

"여보세요?"

"네."

"지금 파출소에 계신 건가요?"

"아니요, 제가 거길 왜 가요?"

"그래요."

"제가 상당히 기분이 안 좋거든요. 입장 바꿔서 생각하시면."

"저는 궁금한 게 은주가 전화 받자마자 쌍욕을 했잖아요."

남자는 따지다 말고 진수의 되치기에 시치미를 뗐다.

"은주가요?"

"네."

"그건 저도 모르죠."

"혹시 싸우셨어요?"

"싸웠죠. 기다리고 있는데 회식 간다 해서, 몸도 안 좋다 했는데 갑자기 회식한다 하니 그게 어이가 없었죠."

"제가 물어봤죠, 몸이 안 좋다 하더니 또 괜찮다 하고."

"제 입장에선 술자리를 갖고 있다고 하는데 연락도 안 되고 해서."

"기분 나쁘시겠네요, 어쨌든 저는 남자친구가 있었다 하면 애초에 그러지 않았을 거예요."

사실 골키퍼가 있다고 골을 못 넣는 것은 아니다. 오히려 빈 골대보다는 골키퍼가 있는 골대에 골을 넣고 싶은 게 사람의 심리다.

"같이 근무를 하면서 따로 연락하고 썸 같은 걸 타신 건가요?"

"아니요, 그냥 저녁 먹자 해서 먹다가, 먹다 보니까 술까지 마신 거죠, 계속 술을 사달라 했어요. 심지어 방도 잡고 청하도 3병이나 사 들고 들어간 겁니다."

"마음이 있었던 건가요, 은주랑?"

"예, 2차에서 제가 좋다 하니까!"

"어떻게 은주는 부하직원인데 어느 정도 취했으면 집에 보내야 하는 것 아닌가! 저는 솔직히 그렇게 생각하거든요."

남친이란 사람은 술에 취한 부하직원을 강제로 호텔에 데려간 것처럼 말했다.

"아니 은주가 원했어요, 제가 강요를 한 게 아니에요."

"은주는 워낙 거절을 못 해요."

"제가 그래서 계속 확답을 받았어요."

진수는 남친의 말을 인정할 수 없었다. 오히려 자신이 거절을 못 해서 생긴 일이라 믿었다.

"어떤 확답을 말하는 거죠?"

"네가 나를 만나고 싶냐? 계속 이런 식으로 물어봤죠."

"일단 알겠습니다. 저는 회식을 한다 하고 안 들어와서 연락 한

번 드린 겁니다."

"저도 본의 아니게 죄송합니다. 남자친구가 있었다 하면 안 만났을 겁니다."

진수는 괜스레 미안했다. 하지만 남자친구가 있고 없고는 별개의 문제다.

"관계도 원해서 하신 건가요?"

"그럼요, 제가 녹음도 한 게 있어요."

"많이 취한 건 아닌가요? 맨정신이 맞아요?"

남친이란 사람은 설사 그렇다 해도 심신상실인 것처럼 주장했다.

"많이 취했다기보다 본인이 더 마시자 했고, 잘 마신다 한 거라 뭐 강요를 한 건 아닙니다. 이미 녹음도 1시간 정도 해놨어요."

"은주랑 연락했더니 어떻게 들릴지 모르지만 본인은 기억이 없다 했어요, 눈 뜨고 보니까 하고 있더라."

"네에…"

"그런 식으로 얘기를 하더라구요."

"그래요."

"좀 난감하네요, 뭐가 맞는 건지도 모르겠고 어차피 녹취록이 있다 하시니."

진수는 남친이란 사람에게 은주와 호텔 방에서 있었던 일을 변명하듯 말했다. 고민상담을 하다가 호감을 표해서 만나기로 했다.

관계 이후 '잠시 거쳐 가는 남자'라는 말을 해서 술이 확 깼다. 은주가 적극적으로 불을 꺼서 그렇게 되었다는 말로 사족을 달았다. 하지만 말이 길어지면 실수를 하는 법, 자신이 은연중 큰 실수를 한 것은 미처 알아채지 못했다. 피해자라 주장한 상대에게 1시간 분량의 녹취파일이 있다는 정보를 스스로 제공한 것이다.

사건 발생일 저녁 11시경, 서인천 파출소에 도착한 진수는 '임의동행 사실 확인서'를 작성했다. 경찰관이 "이걸 거부할 수도 있고 집으로 돌아가도 된다." 했지만 이미 출석한 뒤에 무슨 소리인가! 싶었다. 서둘러 새벽에 있었던 일 그대로 '진술서'에 작성했다. 관계를 가진 것은 맞기에 부인하지 않았고 오히려 누명을 썼다고 확신했다. 그래서 전날 저녁부터 시간순으로 가감 없이 기록했다. 하지만 그동안 쌓인 피로가 몰려와 머리가 지끈거렸다. 진수는 피곤한 상태에서 억울한 심정으로 진술서를 작성했다. 중요한 서류는 이렇게 감정적으로 쓰면 안 된다. 더 냉철하고 전략적으로 써야 했다. 본인이 진실을 말한다고 상대마저 진실을 말한다는 법은 없다. 아무리 같은 상황이라 해도 사람마다 받아들이는 것이 다르다. 따라서 피곤하고 짜증 날 때가 아닌 최대한 맑은 정신으로 작성해야 한다.

무언의 협박

진수는 정말 긴 하루를 보내고 침대에 쓰러지다시피 몸을 던졌다. 진수는 사건 발생 이틀 뒤에는 용인 우리더 호텔로 출근했다. 하지만 은주는 이틀째 출근하지 않았고 어떠한 연락도 없었다. 그래서 왜 신고를 했는지 물어볼 수 없어 초조했다. 하루를 무사히 넘긴 진수는 퇴근하여 곧장 집으로 갔다. 사건 발생 사흘째 이어진 날은 강덕준 대표의 연락을 받고 인천 나랑더 호텔로 출근했다. 이날은 왠지 직원들의 분위기가 묘하게 달랐다. 기분 탓인가 싶기도 했지만 오후 1시가 넘어 낯선 전화를 받았다.

"안녕하세요, 저는 은주 친한 언니인데요."

"네, 그런데요."

"제가 은주한테 얘기를 들었는데, 그쪽 지배인님한테 강간을 당했다고…"

진수는 다짜고짜 강간당했다는 말에 냉소적으로 물었다.

"전화한 목적이 뭐죠?"

"저도 은주에게 보낸 톡에 '마지막 기회'란 뭔지 그 의미가 궁금해서 전화드렸어요."

"저랑 은주랑 계속 만나기로 했고, 연인이 되기로 했는데 갑자기 신고를 당해 저는 무고라 생각한 겁니다. 저는 경찰조사를 받기 전에 그 신고를 다시 생각해 봐라. 이렇게 보낸 겁니다."

"마지막 기회를 준다는 게요?"

"그렇죠, 협박이 아니라 저희는 만나기로 했는데 갑자기 신고를 해서. 이전 카톡도 보셨죠? 잘 자고 일어났냐고…"

진수의 말에 언니라는 여자가 되물었다.

"잘 자고 일어났냐는 게 언제?"

언니라는 여자는 그런 사실이 없기에 진수를 의심했다.

"잘 자고 일어난 게 아니고, 머리가 아픈 거 어떠냐고."

"카톡 캡처 내용을 볼게요."

언니라는 여자는 뭔가 확인하는 듯했다.

"제가 일이 바빠서 그 시간에 보낸 건데 읽기만 하고 답장을 안 하더라고요. 그래서 전화할 수 있을 때 전화하라 했죠. 그런데 전화도 안 하고 그러니까 이상한 생각이 든 거죠."

"제가 일단은 은주랑 한번 통화해 볼게요."

"그렇게 하세요."

은주의 친한 언니라는 여자는 통화를 마치고 10분 만에 다시 전화를 했다.

"아까 연락드렸던 은주 친한 언니인데요. 은주가 신고를 했잖아요. 이미."

"네네."

"그러면 어떻게 하실 건가요?"

"뭘 어떻게 해요! 이미 신고했잖아요. 진상규명을 해야죠."

진수는 당연히 자신이 이길 거라 생각해 감정이 앞섰다. 하지만 분쟁과 송사는 멀리하라는 옛말이 있다. 계속 싸울 것인지? 고소를 취하할 것인지? 상대에게 선택권을 줬으면 더 좋았을 것이다.

"네."

"뭐 들으셨겠지만 저는 남자친구가 없다는 것도 녹취했고, 그래서 만나기로 했는데 제 앞에서 남자친구와 싸우는 것까지 다 되어 있어요."

"누구랑 싸워요?"

은주의 친한 언니가 되물었다. 친한 언니라는 여자가 동거하는 남자친구를 모를 리 없었다.

"전 남자친구라 했던 사람이요."

"실례지만 녹취파일 저한테 보내주세요."

"그럴 수는 없어요."

"왜요?"

"그건 불법입니다. 타인에게 넘기는 건 불법입니다."

"타인에게 넘기는 게 왜 불법이죠? 그러면 은주한테 들려주세요."

"유포가 되면 불법이고요. 경찰서 가서 제출할 겁니다. 이미 파출소에 가서 진술서 썼고요, 경찰서 가서 성실하게 조사에 임할 겁니다."

"네 알겠습니다."

"저는 연락이 없어 최대한 배려해서, 근태는 제 권한 밖의 일이라 출근은 해야 한다고 얘기했습니다. 정 힘들면 지각이라도 하라고 했는데 11시에 정 과장한테 연락해 머리가 아프다고 쉰다고 했어요. 그 후에는 일부러 카톡을 안 한 거죠. 왜냐하면 정 과장에게 알리고 싶지 않았으니까요."

"저는 은주 말만 듣고 전화한 것이라 그 당시 상황을 모르잖아요."

"저는 당연히 사귀는 줄 알았죠. 자기가 먼저 술 마시자 하고, 만나자 해놓고 경찰조사 받으러 갈 때 남자친구라는 사람한테 연락이 왔어요. 분명 4개월 전에 헤어졌다 했는데. 이렇게 신고를 당하니까 당황스러운 거죠."

"네, 일단 알겠습니다."

은주와 친한 언니라는 여자는 담담한 말투로 통화를 마쳤다. 친한 동생이 강간을 당했다는데 당황하거나 격한 감정이 없었다. 반면 진수는 주저리주저리 자신의 결백을 주장했다. 오히려 녹취본이 있어 무고를 입증할 수 있다고 판단했다. 하지만 인생은 언제나 녹록하게 흘러가지 않는다.

진수는 통화를 끝내고 얼마 지나지 않아 사장님의 호출을 받았다. 강덕준 대표는 진수가 인사하자마자 물었다.
"나한테 할 얘기 있어?"
"아니요. 없습니다."
"어제저녁에 은주에게 전화를 받았는데 불미스러운 일이 있다 하던데…"
"그게…"
강 대표는 어제저녁 8시경, 은주의 전화를 받고 확인차 직원들과 통화했다. 직원들은 이미 은주가 "지배인이 자신에게 불미스러운 짓을 저질렀다."라는 얘기를 했다고 한다. 하지만 강 대표나 진수에게 그 사실을 전하진 않았다. 강 대표는 보고를 빨리 안 했다고 호통을 쳤다. 진수는 자신이 무고를 당했지만 입증할 수 있는 녹음파일을 갖고 있다고 변명했다.
"어쨌든 잘못은 했네, 조심했어야지!"
"죄송합니다."
강 대표는 사건 자체에 휘말린 것을 탓했다. 애초에 조심했으면 이런 일이 생기지 않았을 것이라고… 하지만 그동안 성실히 근무했기에 진수의 결백을 믿어주었다. 다른 직원들은 수입금에 손을 대거나 거짓말을 해도 진수는 그런 적이 없었다. 지각 한번 없었고 병가도 쓰지 않았다.

"앞으론 정말 조심하고."

"네 죄송합니다."

강 대표는 어젯밤 은주와 통화한 파일을 찾아서 진수에게 들려주었다.

"저 이은주인데요. 제가 전화드린 것은 다름 아니라 지배인님이 밥을 먹자 해서 밥을 먹다가 불미스러운 일이 생겼어요."

"어떤 일이 있었는데?"

"제가 좀 구체적으로 말씀드리기엔…"

"편하게, 편하게 말해."

"네, 지배인님이 저한테 오셔서, 이은주 씨 배 안 고프냐? 하시더라구요. 그러면서 지배인님이 자기는 배가 많이 고프다 해요. 밥 먹으러 가자는데 제가 일한 지 얼마 안 돼서 이것도 사회생활이라 생각해 거절을 못 했어요."

"그게 언제였죠?"

"4일 저녁이요."

"이틀 전이네."

"네, 고깃집에 갔는데 처음에 저한테 어떤 거 먹을 거냐? 해서 '저는 음료수 안 먹어도 된다' 하니까, 맥주 마실래요? 해서 그러겠다 했는데 갑자기 소맥으로 마실래? 해서 그러자 했어요. 그렇게 먹고 나와서 처음엔 택시 태워 보내주겠다고 했어요. 그런데 자기는 1차 2차까지 마셔야 약간 좀 풀린다, 그래서 저도 맞장구를 쳐줬어요. '친구들이랑은 그 정도 마신다' 이렇게 얘기하니 술집으로 들어가시더라구요. 그래서 저도 어쩔 수 없이 따라 들어갔어요."

"몇 시쯤?"

"정확히 기억은 잘 안 나는데, 거기서 술을 먹고 나와서 제가 좀 술을 많이 마셔서 어떻게 모텔까지 갔는지 기억이 잘 안 나거든요. 근데 편의점에서 무슨 술을 하나 샀던 것 같아요. 정신을 차려보니 제가 회랑 청하를 먹고 있더라고요."

은주는 어쩔 수 없이 술을 마시게 되었는데 술에 취해 어떻게 모텔에 갔는지 기억이 없다 했다. 하지만 모텔에 가는 과정을 기억하고 회를 먹을 땐 정신을 차렸다고까지 한 것이다.

"둘이서만?"

"네, 그렇게 계속 먹다 보니까! 필름이 끊기고 하다 보니 잠이 들었어요. 근데 깨어나 보니까 저는 알몸 상태였고 그분이 위에서 그런 행위를 하고 있었어요. 그래서 너무 놀라서 씻으러 간 사이에 빠져나가야겠다고 결심했어요. 나간 다음에 5분도 안 돼서 저도 나와서 신고를 하게 된 거죠."

"신고를 했어?"

"네."

"그럼…"

"제가 말씀드리고 싶은 것은 좀 많이 부족하지만 회사를 계속 다니고 싶은 마음은 있어요. 그런데 제가 심적으로 너무 힘들어서 한 몇 주 정도만 좀 쉬면 안 될까? 하고 연락을 드렸어요."

"근데 경찰에는 신고했어?"

"네, 오늘 해바라기 센터라는 곳에 갔다 왔어요. 채취 같은 거 있잖아요, 그때 입었던 옷 그런 거 검사를 하신다고 하더라고요."

"은주 씨 제가 결혼 컨설팅회사를 하고 있어서 이런 일을 좀 아는데. 정액 채취나 이런 걸 하셨나?"

"네, 그런 것도 다 했습니다."

"콘돔은 착용했나요?"

"그것까지는 제가 기억이 잘 안 나요!"

"하지 말자고 했던 것도 기억나요?"

"제가 손으로 막은 것까진 기억하는데 그 이후로는 기억이 가물가물해요."

"그러면 김진수 지배인이 자고 있을 때 나온 건가요? 아니면…"

"저는 자는척하고 있다가 지배인님이 나가고 나서 제가 나갔어요."

진짜 억울했다면 성범죄를 당한 직후 바로 신고했어야 했다. 하지만 호텔을 나와서 신고했다는 것은 생각할 시간이 필요했다는 뜻으로 들렸다.

"응."

"그래서 일단 정 과장님이랑 홍 과장님한테도 말씀드렸는데 정 과장님이 팀장님한테도 말씀드렸더라고요. 그래서 대표님도 아셔야 할 것 같아서, 용기 내서 말씀드렸습니다."

은주는 출근을 못 하게 된 이유가 지배인의 성폭행 때문이다. "회사는 계속 다니고 싶어 이런 사실을 알리게 되었다."라고 돌려 말한 것이다. 지배인의 잘못으로 출근을 못 하게 되었으니 회사에서 근태를 책임지라는 말과 다름없다. 형법 제307조에 의하면 "공연히 사실 또는 허위를 적시하여 사람의 명예를 훼손한 자"는 명예훼손으로 처벌받는다. 은주는 역설적으로 성폭행 피해 사실 공표로 진수의 명예를 훼손한 것이다.

"너무 고마워요, 그래서 화요일 날 안 나오신 거죠?"

"네, 그때는 머리가 아프다고 말씀드렸어요."

강 대표는 날짜를 계산해 다시 물었다.

"사건 발생일은 화요일이네요."

"5일, 5일부터 7시, 새벽 넘어갈 때쯤 그 시간대였어요."

"그때부터 쭉, 오늘도 안 나오신 건가요? 계속…"

"오늘도 못 나갔습니다. 그 센터 가서 검사를 해야 하는 게 있어서."

"은주 씨가 바라는 건 뭐죠?"

"제가 말씀을 드리고 싶은 건 안정이 좀 되고 나서부터 일을 하고 싶어서…"

"일하는 거는 당연히 그렇죠. 이쪽 호텔 일은 결혼하고 아이 낳아도 할 수 있는 거고.

은주는 몇 주만 쉬고 계속 다니겠다는 말을 했지만 강 대표는 이를 무시한 채 호텔 일은 계속할 수 있는 직업이라 했다.

"네, 그런데 제가 부족한 부분이 많다 보니까."

"그거는 시간이 필요한 거고, 주변에서 다 은주 씨 칭찬을 해요. 정 과장도 그렇고 홍 과장도 그렇고."

틀린 말은 아니었다. 매출이 떨어진 것은 맞지만 정 과장과 홍 과장은 누구보다 은주에게 푹 빠져 있었다.

"제가 부족한 부분이 좀 많다 보니까, 대표님께 전화가 오면…"

은주는 이달 월급만 챙겨주면 대표님이 그만두라면 그만두겠다는 뉘앙스를 풍기려 했다. 하지만 대표는 못 알아들은 듯 엉뚱한 대답을 했다.

"아니 그건 시간이 필요한 거고, 저는 오래 갈 사람이 필요한 거니까."

"네, 죄송합니다."

"아니 은주 씨한테 이런 얘기 들으려고 한 건 아니고, 용기 내서 전화 주신 것 너무 감사해요. 저는 오래 갈 사람이 필요하니까 쉬는 것도 좋은데, 지배인에 대한 불미스러운 일이 있다고 지금 들었지만 내일은 출근할 수 있나요?"

강덕준 대표는 결혼 컨설팅회사와 호텔을 경영하며 쌓은 노하우를 바탕으로 은주를 안심시켰다. 하지만 회사 차원에서 휴가를 챙겨주는 것은 성범죄를 인정하는 꼴이라 말을 돌렸다. 그러나 필요한 말만 하고 끊으면 은주의 의중을 알 수 없게 된다. 최대한 안심시켜 어떤 의도를 갖고 있는지 알고 싶었다.

"내일은 센터를 가서 심리 상담을 좀 받아야 된대요. 그래서 며칠 정도만 좀 쉬고 싶어서."

"은주 씨 그러면 제 전화는 받으시고, 사실 은주 씨가 원하는 건 금전적인 건 아닐까요? 그냥 얘기 한번 해보면."

"제가 솔직히 말씀을 드리는 건데요. 저는 나이가 좀 어려요. 24살이요."

"그러면 구십…"

"01년생이요."

"2001년생."

"제가 빚이 좀 많아서 어떻게든 일을 하려고 면접을 보러 온 건데, 여기 분위기도 괜찮고."

"빚이 얼마나 되죠?"

"좀 많아요."

"도박했어요?"

"네, 아니요 도박한 건 아니에요."

은주는 갑작스러운 질문에 당황했다.

"그러면 뭘 빚이 생길까?"

"20살 때 안 좋은 친구들과 어울리다 보니까! 재판도 받고 해서요."

"어떤?"

"좀 그런 사건이 있는데 저를 안 좋게 보실 것 같아서."

은주는 자연스럽게 2천만 원의 빚이 있다는 것을 알리고 싶었다. 처음부터 2천만 원을 얘기하면 돈 때문에 벌인 일이라 의심받을 게 뻔했다. 하지만 빚을 설명을 하다 보니 자신의 치부까지 말했다. 이럴 때는 부모님 병원비로 빚을 졌다 했으면 오히려 동정받았을 것이다.

"아니요, 그런 건 없어요. 정운영 과장도 비트코인 도박해서 6천만 원 빚졌는데…"

정 과장은 비트코인으로 1억 넘게 벌었다 했는데 다 구라인가! 은주는 편하게 털어놓기로 했다.

"어, 20살 때 친구들이 놀러 가자 하더라고요. 같이 갔다가 차사고가 났는데 그게 알고 보니 보험빵이었던 거예요."

"보험빵이 뭐야?"

"보험사기요."

"그래서."

"저는 하기 싫은데 억지로 엮이게 됐어요. 그런데 나중에 경찰조사도 받고 해서 빚이 2천 정도 있어요."

"큰 빚은 아니네요, 그죠?"

"근데 제 나이대에는 좀 큰 빚이라고 생각해요."

"아니, 벌어서 갚을 수 있는 금액이잖아."

합의는커녕 2천만 원을 벌어서 갚으라니! 은주는 적잖이 당황했다. 하지만 내색할 수도 없었다.

"네, 그렇습니다."

"일하면서 갚을 수 있는 금액이잖아요. 6개월, 1년 이렇게 잡아서 갚을 수 있는 금액이잖아요."

"네, 그렇습니다."

강 대표는 은주가 당황하자 슬슬 의중을 떠봤다.

"은주 씨는 지배인한테 금전적인 거를 원하는 건 아닌가?"

"그런 건 전혀 아니고요. 돈 때문에 이런 식으로 신고를 한 건 절대 아닙니다."

은주는 합의하겠다는 말은 할 수 없었다. 강 대표가 먼저 돈 얘기를 꺼냈지만 덥석 물었다가는 돈 때문에 한 짓이라 의심받을 것 같았다. 그래서 좀 더 어필하기로 했다.

"억울한 것도 있고?"

"네, 제가 정말 억울해서요."

"그럼 처벌을 원한다?"

"네 맞아요."

"그럼, 김진수 지배인은 처벌하고, 일은 계속하고 싶다는 건가요?"

"네, 일은 해야 될 거 같아서."

"그런데 주말에도 안 나오면 일할 사람도 부족한데 저희 입장에서는 피해가 있잖아요."

"네, 그렇죠."

"선택을 좀 해줘야 할 것 같아요. 직원들이 저한테 이런 얘기를 안 해줘서 지금 알았거든요. 저를 어려워하는 건지, 아니면 믿어서 그런 건지 잘 얘기를 안 해줘요. 은주 씨도 좀 느끼죠?"

강 대표는 이번 기회에 확실히 정리하고 싶었다. 일도 못 하는데 어물쩍 넘어갔다가는 출근도 안 하고 회사에 피해만 입힐 것 같았다. 다행히 은주는 말귀를 알아들었다.

"네, 대표님께서 나오지 말라 하시면 안 나가는 쪽으로 생각은 하고 있어요."

"다른 과장들과는 문제가 있었던 건 아니죠?"

"네, 문제없었어요."

"지배인이 술 먹고 실수한 것이라 하기엔 은주 씨 입장에서는 일방적인 그런 거잖아요?"

"네."

"내가 어떻게 풀어줄까요? 어떻게 도와줬으면 좋겠어요?"

"지배인하고 아예 안 마주치게끔 해주시면 될 것 같아요."

강 대표는 은주의 의사를 존중하는 척 의중을 떠봤다.

"그러지 말고, 금전적으로 합의를 보면 안 될까?"

"근데 신고가 돼서요. 저는 합의하고 싶어서 그런 게 아니라…"

은주는 강 대표가 적극적으로 권하면 "마지못해 합의하겠다." 하려 했지만 계속 어물쩍 넘어갔다.

"알아, 알고말고. 근데 나도 처음 보고를 받은 거고, 계속 일하고 싶다 하니까! 내 딴엔 빨리빨리 교통정리를 해주고 싶은 거지!"

"네에."

"어떻게 도와주면 좋을까?"

"아직 생각을 안 해봐서요."

강 대표는 더 이상 권하지 않고 말을 바꿨다.

"그럼 일은 언제부터 나올 수 있는 거죠? 은주 씨."

"한 일주일 정도 지나면 바로 나갈 수 있을 것 같아요."

"전화해 준 거 감사하고, 나도 애를 키우는 입장이라 오늘은 애들 좀 보고 주말에 좀 파악해서 월요일에 전화할게요!"

"네, 알겠습니다."

"네. 고마워요, 은주 씨."

강 대표는 통화내용이 끝나자 진수에게 물었다.

"합의는 안 하겠다는데, 어떻게 할 거야?"

"저도 합의할 생각은 없습니다. 경찰에 가서 사실대로 얘기할 생각입니다."

"어떻게 변호사 지원해 줘?"

"감사합니다."

강 대표는 최근에 매출이 계속 떨어져 원인을 찾아보라 한 적이 있었다. 그 결과, 은주가 출근하면 전화도 안 받고 객실 점검도 안 했다. 당번들이 은주의 일을 대신 해주다 보니 정작 본인들 일에는 소홀해 매출이 떨어졌다. 객실 청소가 끝나야 손님을 받는데 계속 미뤄진 것이다. 그러니 사장 입장에선 생날라리 같은 이은주보다는 열심히 일하는 지배인을 믿을 수밖에 없었다. 진수는 대표가 자신을 믿어주자 금세 혐의가 풀릴 것 같은 마음에 의기양양했다. 그래서 친한 언니라는 여자에게 전화해 거들먹거렸다.

"여보세요."
"네, 말씀하세요."
"아까 말씀 못 드린 게 있는데, 저희 대표님께서 화가 나서서 회사 차원에서 변호사 선임해서 자문을 다 받았습니다. 제가 무고하다는 것을 변호사가 다 확인했고요. 이제 앞으로 저한테는 이런 통화가 없었으면 해서 전화드린 겁니다."
"저는 그냥, 은주가 물어봐 달라고 해서요. 그런데 무슨 변호사요?"
"어떤 거 말씀이세요?"
"회사 측 변호사는 회사 일에만 써야지 그걸 왜?"
"회사 측에서도 저에게 도움을 준 거죠. 이게 업장에 다 알려지고, 과장들한테도 다 전화를 했잖아요. 제가 정상 생활이 불가능하고 너무 힘들어요. 저한테 만나자고 해서 만난 건데 이렇게 신고를 당하니 회사 측에서 화가 나서 변호사 자문을 했어요."
"네."
"제가 말실수할 수도 있고 해서 앞으로 통화는 자중하려구요."
"네, 알겠습니다."

진수는 통화 내용이 은주의 귀에 들어갈 거라는 걸 알았지만 정작 본인의 실수를 몰랐다. 강 대표가 지속적인 대화를 통해 은주의 의중을 알아낸 것처럼 상대도 진수의 전략을 알게 된 것이다. 더 큰 잘못은 상대의 정보를 차단한 것이다. 결과적으로 은주마저 변호사를 선임하여 기나긴 싸움의 단초가 되었다. 그러나 한편으론 전화위복도 되었다.

진수는 다음 날 아침에 여러 통의 문자를 확인했다. 은주의 친한 언니라는 여자가 새벽 5시경 꿈을 빙자해 보낸 것이다. 진수가 통화를 거절하자 문자로 합의를 유도했다.

'제가 방금 꿈을 꿨는데 좋게 잘 풀 생각은 없습니까? 그쪽이 술 먹고 전화해서 꿈에서 저한테 막 얘기를 하네요. 서로 경찰서 가야 하고 요즘 강간법도 강화되고 6개월 걸릴 건데 서로 법정싸움까지 가면 이게 꿈인지!!! 진짜인지 그리고 녹음파일 들려주는 건 불법이 아닙니다. 그럼 저도 벌써 경찰서 잡혀갔겠죠. 오만 사람들한테 녹음파일 들어보라고 다 보내줬는데, 은주가 남친도 증인 선다고 하고, 제가 볼 땐 두 분이 서로 좋게 푸는 게 맞는 거 같아요. 갑자기 꿈에서, 꿈에서는 대화가 그래도 원만하게 되던데'

진수는 곰곰이 생각해 보니 이상한 점이 한둘이 아니었다. 모텔에 있을 때 새벽 1시가 넘어 남친의 전화가 걸려왔고, 경찰조사를 받으러 갈 때도 남친의 전화를 받았다. 그리고 녹음파일이 있다 하니 친한 언니라는 여자의 전화가 왔다. 자신이 변호사를 선임했다 하니 이젠 합의하자는 말을 에둘러 보냈다. 어찌 보면 협박이나 다름없었다. 남친이란 자는 왜 미리 전화하지 않았을까? 호텔로 가기 전에 충분한 시간이 있었다. 그리고 녹음을 했다 하니 바로 꼬리를 내렸다. 자신이 남친이라면 녹음했다 하더라도 화를 냈을 것이다. 집에서 출퇴근한다 했는데 혹시 '셋이 계획한 범죄가 아닐까!' 하는 생각마저 들었다. 은주가 먼저 사귀자 했는데 남친이란 사람은 "자기 집에서 살고 있다." 하고, 친한 언니라는 여자는 이름도 밝히지 않고 강간당했다는 말을 태연히 했다. 은주는 하루 종일 가만히 있다가 저녁에 강간당했다 신고하고 회사에도 알렸다. 누가 강간당했다고 일부러 회사에 소문을 내나? 애초에 밥도 본인이 사달라 했고, 단체 톡에는 술도 못 먹는다고 했다가 소주 빼곤 잘 먹는다 하고. 2차도, 모텔도 은주가 먼저 가자 했다. 그리고 관계를 가지려 하니 거절했다가 다시 괜찮다 하고. 막상 소송한다 하니 언니라는 작자가 합의를 유도하고! 이상했을 때 그만둬야 했는데… 그러지 못한 자신이 개탄스러웠다. 근본도 없는 불량식품을 먹고 탈이 났으니 그럴 법도 했다. 더 이상 생각하기 싫었지만 의문에 의문이 꼬리에 꼬리를 물었다.

갑자기 앙탈을 부려 혀를 깨물질 않나, 남자친구와 통화할 때 쌍욕을 하며 찾아와 보라고 소리친 것이나… 처음부터 계획범죄가 아닐까? 하는 생각이 들자 모든 행동이 납득되었다. 씻지 않으려 했던 것도 피해자인 척 증거를 남기기 위해서 그랬나! 싶었다. 한편으론 자신과 사귀려다 남친이란 작자와 싸운 것은 아닌지 궁금하기도 했다. 어쨌든 백번 양보해도 통화했던 남친이나 친한 언니라는 사람의 목소리가 너무나 태평했다. 은주가 대표님과 통화했던 목소리도 억울하기보다는 너무 조곤조곤했다. 이런저런 생각에 진수는 실수를 한 건 없는지? 되짚었다. 그들이 미리 모의하여 함정을 파놓은 것은 없는지? 불안하기도 했다. 한편으론 결백하기에 무죄를 입증하는 데 아무 문제 없을 거라 애써 자위했다.

   진수는 경찰의 피의자신문에 앞서 주변 사람들의 조언으로 호텔 내 CCTV 영상을 받으려 했다. 강제로 데려간 것이 아닌 자발적으로 들어간 것을 입증하려면 꼭 필요했다. 하지만 담당 수사관과의 통화 끝에 CCTV 영상은 이미 채증했다 해서 따로 받지 않았다. 만취한 상태에서 은주를 끌고 갔다면 문제가 되겠지만 절대 그런 일은 없었다. 그래도 최대한 많은 자료를 수집해 경찰서에 출두할 때 가져가기로 했다. 사건을 시간순으로 정리하다 고소 내용을 알아보려고 담당 수사관에게 전화했다. 하지만 여경은 고소장 없이 '발생사건'으로 수사가 들어간 거라 설명했다. 발생사건이란 피해자가 112에 신고해 피의자가 파출소에 임의동행한 사건이다. '신고처리표'를 정보공개청구 하면 신고 시간은 알 수 있다고 알려주었다. 신고 시간은 파출소에서 저녁 7시라 알려주었기에 별 도움이 안 되었다. 하지만 자신의 말을 잘 들어주는 여경과 통화하다 보니 진수는 마음이 한결 놓였다.

"전 남친과 같이 신고한 것 같은데 녹취파일이 있다는 것을 신고하고 나서 안 것 같아요. 그래서 변호사님이 분명 처음 진술한 거랑 다를 거라 하셔서."

"변호사 선임하셨어요?"

"검찰로 가면 그때 선임계 제출한다 했어요. 거짓말을 하고 있을 테니 피해자 신문조서를 보고 싶다 하시는데 그건 공개가 안 된다 하시네요."

"네, 맞아요. 녹취파일은 김진수 씨가 다른 분한테 얘기해서 알게 된 건가요?"

"제가 파출소 가느라 정신없을 때 전 남친이란 사람에게 연락이 왔어요. 그때 얘기하게 됐어요. 파출소에서는 오후 7시경에 여자분이 신고를 했다 했는데 저희 대표님에게는 제가 나가자마자 바로 신고했다 했어요. 그리고 자기는 정신을 차려보니까 아침에 일이 있었다 했는데 대표님이 발생시간을 물어보니 새벽 넘어가는 시간쯤이라고 정확히 말해요. 아침 7시라 했다가 새벽 넘어가는 그때쯤 일어났다고요."

"피해자 조서를 받아보신 건가요?"

"아니요 저희 대표님한테 전화해서 얘기한 건데 앞뒤가 달라서요."

"알겠습니다. 다시 연락 주세요."

"네 감사합니다."

진수는 경찰서에 출두할 시기가 다가오자 찜찜함에 여기저기 자문했다. 그 와중에 아버지인 김중만에게도 소식이 전해졌다. 중만은 자수성가한 전업투자자로 주택신축판매업과 경매 등 여러 가지 일을 했다. 중만은 이 일을 사업파트너인 조 여사에게 알렸다. 사업상 알게 된 조 여사는 경매 컨설팅 및 NPL 투자 전문가였다. 조 여사의 본명은 조영옥이며 30년 가까이 부동산 일을 해온 베테랑이었다. 조 여사와 오랜 친분이 있는 정재영 변호사가 의견서를 써주기로 했다. 정재영 변호사도 김중만의 사건을 수임한 적이 있어 안면이 있었다. 정 변호사는 의견서만 무료로 써주기로 했는데 와전되어 진수는 무료로 변호사를 선임했다고 회사에 알렸다. 그래서 아버지 잘 둔 아들이란 소문까지 났다. 결과적으로 변호사의 조력을 받는 데다 그동안 통화했던 여경이 호의적이라 누명을 쉽게 벗을 것이라 믿었다.

피의자신문

　진수는 사건 발생 한 달 뒤인 4월 2일, 인천경찰서 여성청소년과로 출두했다. 은주는 일주일 전에 변호사를 대동해 피해자 진술을 마쳤다. 경찰의 안내로 조사실에서 기다리던 진수는 입안의 침이 바짝 말랐다. 한 달간 정리한 증거물을 담은 가방을 바닥에 내려놓으며 다시 한번 쳐다봤다. 그동안 사방이 막힌 철창에 갇혀 옴짝달싹 못 한 것처럼 속이 답답했다. 한편으론 은주의 거짓 주장을 완전히 박살 내고 싶은 분노가 밀려왔다. 조사실에는 사법경찰관 정대길 경위의 참관 아래 여청과 4팀 이수정 경장이 노트북과 함께 작은 가방을 들고 들어왔다. 이 사건 담당 수사관인 이 경장은 신문에 앞서 가방 안에서 면봉을 꺼냈다.

"이게 성 관련된 문제이기 때문에 이제부터 DNA 채취를 할 거예요. 이거 하는 데 동의하시나요?"

"네, 동의합니다."

"조사 마치고 나서 입 좀 헹구고, 그다음에 진행하는 걸로 할게요."

"네…"

"요거는 면봉으로 이렇게 채취할 거예요."

"네, 알겠습니다."

"안쪽에 이렇게 면봉으로…"

이 경장은 진수의 입안 깊숙이 면봉을 넣어 문질렀다. 이어 진수가 물로 입안을 헹구고 나자 피해자 권리에 대한 문서를 건넸다.

"거기 진술 녹음하는 데 그냥 부동의 체크해 주세요."

진수는 이 경장이 손으로 가리키는 지점에 'V' 자로 체크했다.

"여기 피해자 권리 고지 보시면 진술거부권 있고 변호인 조력을 받을 수 있다는 내용이에요."

"네, 뭐라고 하면 되나요?"

"그냥 보시면 되는 거예요."

이 경장은 노트북을 펼쳐 신문 준비를 마치곤 물었다.

"그럼 조사를 시작해도 될까요? 성함이 김진수 씨?"

"네, 맞아요. 저에 대해 설명을 드려야 하나요?"

"지금요? 원하시면 그냥 말씀하셔도 되는데 신문하기 전에, 혹시라도 '제 수사 과정에 법령을 위반한다든가, 인권 침해를 하거나 수사권 남용이 있다'라고 하면은 검사에 구제신청 하실 수 있어요."

"네."

"인정신문 들어갈게요. 성함이 어떻게 되세요?"

인정신문은 실질적인 심리에 들어가기 전에 먼저 조사하는 것이다. 피고인으로 출석한 사람이 공소장에 기재된 피고인과 동일한 사람인지를 확인하는 절차다. 이 경장은 성명, 주민등록번호, 직업, 주거지, 본적인 등록기준지, 연락처 등을 물었다. 신분증도 확인하고 통지서를 보낼 주소를 다시 물었다. 이 경장은 인정신문을 끝내자 피의자신문으로 바로 넘어갔다.

"발생 일자 언제인지 아시죠?"

이 경장은 최대한 부드럽게 물었다. 피의자가 긴장하면 대답을 회피해 시간이 많이 늘어진다.

"네, 3월 4일 자정 넘어서."

"그렇죠, 3월 4일에서 5일로 넘어가는 그 새벽, 3월 5일 자정에서 같은 날 8시 사이에 이제 누군지 아시죠? 피해자가?"

"네."

"이은주 씨 관련해서 현재 준강간 혐의로 피의자신문 받고 계시는 거예요. 그리고 진술거부권 있으시고 변호인 조력을 받을 수 있어요."

"준강간이라고 하시면 '술에 취해서 당했다'라고 했기 때문에 준강간인 건가요?"

"네, 귀하는 일체의 진술을 하지 않거나 질문에 대해서 진술을 하지 아니할 수 있습니다. 귀하가 진술을 하지 않더라도 불이익은 받지 않아요. 진술거부권을 포기하고 행한 진술은 법정에서 유죄의 증거로 사용될 수 있습니다. 변호인의 조력을 받을 수 있습니다. 권리 고지 받으셨죠?"

"네."

"진술거부권 행사하실 건가요?"

"아니요."

"변호사의 조력을 받으실 건가요?"

"나중에 필요하면 받겠습니다."

"영상녹화 원하시나요?"

"아니요, 영상은 원하지 않습니다."

"발달장애인에 해당되지는 않으시고요?"

"네."

"본인 맞으시고요?"

진수가 직업을 설명할 땐 시시콜콜한 부분까지 설명하자 이 경장은 중간에 말을 끊었다.

"그거는 제가 나중에 필요하면 여쭤볼게요. 이렇게 장황하게 길어지면 검찰이나 법원에서 읽어볼 때 힘드니까 문답 형식으로 만들고 나서 말씀하실 수 있는 기회는 충분히 드릴게요."

"피해자하고 관계는 어떻게 되나요?"

"관계라 하면, 근무지에서 관계 말씀인가요?"

"네."

"피해자는 캐셔고 저는 지배인입니다."

"나랑더 호텔 내에서 말씀하신 거 맞죠?"

"네 맞습니다."

"피해자에 대한 준강간 혐의를 인정하세요?"

"절대 인정 안 하죠. 얘가 신고를, 아니 피해자라 주장하는 사람이 신고를 하기 전까지 저희는 연인 사이였습니다."

"피해자가 주장하는 피해 발생 일시가 언제죠?"

이 경장은 재빨리 화제를 돌렸다. 수사관들은 이미 유죄의 심증을 갖고 질문을 만든다. 혐의를 부인하니 생각할 시간을 안 주고 싶었다. 아무리 친절한 수사관도 피의자의 혐의를 벗겨주려고 수사하지 않는다. 오히려 희망하는 답변을 암시하면서 피의자가 무의식중에 원하는 대답을 하도록 꾀어 묻는다. 이런 기법을 유도신문이라 하는데 직접 신문에 있어서는 원칙적으로 금지되지만 여전히 사용하고 있다.

"네, 피해자가 주장하는…?"

"네, 피해자가 주장하는 피해 발생 일시?"

"그러니까, 피해자 주장을 못 들어봐서 모르겠는데요?"

"3월 5일, 자정에서부터 아침까지 그 사이라는 거죠?"

"네."

"어디서 발생한 건지 알고 있죠?"

"네 인천 두리자 호텔입니다."

"3월 4일 저녁에 피해자하고 식사한 적 있죠?"

이 경장의 질문에 진수는 그 당시 상황을 자세히 설명하며 자신의 무죄를 입증하려고 했다.

"이때 1차를 고깃집에서 했고요. 피해자가 종종 밥을 사달라고 얘기를 했는데 의례 한 번쯤은 회사 카드로 사주게 돼 있어요. 신입으로 입사한 지 얼마 안 됐기 때문에 고충 같은 거 듣고. 제가 인천에 자주 왔던 게 아닌데 이 캐셔를 채용하고 나서 오버부킹도 있고 근무태도나 이런 게 문제가 돼서 많은 일들이 있었어요. 사업장에 매출이 떨어져서 왜 그런지 알아보니 과장들 말로는 근무태만이 심하다 해요. CCTV로도 확인해 보니 이런 게 너무 보여서 지도 편달 하기 위해 서너 번 정도 갔습니다. 교육하기 위한 과정에서 일체 터치도 하지 않았고요."

이 경장은 진수의 말이 빨라지자 천천히 말해달라며 타이핑을 쳤다.

"피해자가 먼저 밥을 사달라고 했다는 거죠?"

"피해자가 종종 그런 말을 계속했었어요. 업장에서 일하면서 그런 말을 했었고, 그날 또 물어보기에… 그러면서 또 본인이 아프다 그러기에 '그래, 그러면 못 먹겠네 나중에 먹자' 했는데 또 괜찮답니다. 감기라고 그랬었나, 그때 아무튼 그랬는데 또 괜찮대요.

그래서 먹게 된 겁니다."

"그날 피해자가 먼저 밥을 사달라고 했고요?"

"네."

"이전부터 피해자가 먼저 밥을 사달라고 했어요?"

"네, 계속…"

이 경장은 타이핑을 치며 '처음부터 거짓말, 퇴근하려다 밥 먹자 해서 마지못해 따라갔다 했는데…' 이 경장은 먼저 조사한 피해자의 진술을 무시할 수 없었다. 대부분의 사람들은 피해를 당해서 고소한다고 믿지만 가짜 고소도 많다. 심지어 정치적으로 기소하는 경우도 있어 무죄가 나올 때까지 정적을 괴롭히기도 한다. 보복수사나 별건수사, 함정수사 등등 말이 끊이지 않는 이유가 그 때문이다. 따라서 수사관은 양측의 주장에 따른 객관적 증거를 찾아야 한다. 하지만 사람은 이성적 판단보다는 감정적 판단을 더 많이 한다.

"피해자가 밥을 사달라고 했고요?"

이 경장은 '억지로 술 먹여 강간해 놓고… 설사 피해자가 술김에 허락했다 해도 중간에 거절했을 것이다. 하지만 피해자와 달리 피의자는 거절을 인지하지 못하고 자기 멋대로 강간했을 것'이라 추론했다. 프로젝트를 할 때 여자들로 구성된 팀은 싸우면 다 엎어버린다. 감정이 앞서 프로젝트 따위는 뒷전이지만 남자들로 구성된 팀은 싸워도 엎지 않는다. 태고부터 무리 지어 사냥하던 습성이 남아 있어 어떻게든 일은 끝낸다. 그러니 하던 일을 중간에

멈추는 행위는 이성적으로 되는 게 아니다.

"처음에는 몸이 안 좋다고 한마디 해서, '그러면 오늘 말고 다음에 해' 했어요. 좀 걱정이 돼서. 그런데 또 괜찮대요."

진수는 그날 있었던 일을 시간순으로 기록해 놔서 전혀 막힘이 없었다. 이 경장은 그래도 의심이 풀리지 않았다.

"다음에 먹자 했는데 오늘 먹자고?"

"네, 괜찮다고 얘기했어요."

"그래서 밥을 먹게 되었다?"

이 경장은 타이핑을 치며 진수를 흘겨봤다.

"그 친구가 술을 시켜서 먹게 됐는데 1시간도 안 돼서 그 자리가 끝났어요. 왜냐하면 저는 밥만 사주고 술은 안 마시려 했어요. 제가 사는 곳이 용인이라 대리비가 6~7만 원 이상 나오는데 술 한잔 마시고 그 돈 내기가 아깝잖아요. 그런데 같이 일하는 정 과장이라는 사람과의 갈등, 이런 걸 얘기하더라고요. 그래서 그런 고충, 애로 사항, 이런 거 계속 들어주다 보니 저도 한잔 마시게 됐습니다."

진수의 말이 빨라지자 이 경장의 타이핑 소리 또한 빨라졌다. 진수는 빨라지는 타이핑 소리를 의식하곤 잠시 멈췄다 말했다.

"그래서 최대한 1차라고 표현하기보다는 최대한 빨리 그 식사 자리를 마무리 지으려고 해서 1시간도 안 돼서 끝났어요. 그런데 이제 2차를 가자고 하더라구요."

"누가 먼저 2차 가자고 했어요?"

"그 친구가 2차 가자 했어요. 2차 자리에서도 1차 자리에 있었던 정 과장 얘기를 하는데 그 사람이…"

이 경장은 피의자가 변명만 늘어놓는다고 생각해 말을 끊었다.

"잠시만요, 이게 본인이 변명하는 건 좋은데 혐의 부분에 대해서 들어야 되는 거라, 나중에 충분히 다시 얘기하실 수 있어요. 1차에서 음주량은 어떻게 돼요?"

"소주 한두 병이고 맥주는 2병 정도, 소주는 2병 안 되게 1병 정도 마셨나 그랬을 거예요. 그래서 1시간 만에 끝났죠. 제가 술을 먹일 의도가 있었으면 애초에 거기서 많이 먹였겠죠. 그래서 1차 자리가 1시간도 안 돼서 끝났어요."

"여기서 소주 1병, 맥주 2병 되는 거죠?"

이 경장은 '피의자는 한 잔 마셨다 했으니 피해자가 소주 1병에 맥주 2병을 다 마신 거나 진배없다' 생각했다.

"네."

"피의자분의 평소 음주량은요?"

"소주가 한두 병 됐을 텐데 그거는 기억이 잘 안 나요."

"본인의 음주량, 평상시 음주량이요?"

"저는 평소에 소주 한두 병 조금 넘어서. 근데 컨디션 따라 달라서 1병 먹고 취할 때 있고 두세 병 마실 때도 있어요."

"2병 정도 마시고요."

이 경장은 주량을 중간치인 2병으로 기록했다.

"2차를 가자고 제안한 사람은요?"

이 경장은 피의자가 생각할 시간을 주지 않으려고 빠르게 재차 물었다.

"은주 씨죠, 평소에는 자기가 술을 별로 못 마신다 그랬어요. 근데 갑자기 술을 먹자기에 '아니 술 못 마신다면서요?' 하니까 '사실 더 잘 마셔요' 이러는 거예요. 소주만 못 마시지 다른 거, 다른 술, 소맥을 타서 먹으면 잘 마시고 소주만 안 먹으면 된대요. 아무튼 그런 식으로 얘기를 하는 겁니다. 그래서 소맥을 마신 거고요. 저는 원래 고기에다가 소주만 먹는데."

"그래서 1차 때 소맥을 마셨고…"

"소주 빼고는 다 잘 마신다. 그럼 이전에 카톡으로 못 마시는 척한 걸 물어보니까! 그냥 그렇게 말했다. '사실 술 잘 마신다' 이렇게 얘기를 했습니다."

"은주 씨가 평소 직장에서 일할 때 술을 잘 못 마신다고 얘기했다는 거죠?"

이 경장은 술을 못하는데 억지로 권한 게 아닌지 의심스러워 다시 확인했다.

"그게 왜 그런 이야기를 하냐면, 제가 종종 매출 관리나 근무태만에 대해 지적하다 보니 이 친구가 너무 긴장해서 공통된 관심사를 이끌어 내려 했죠. 예를 들어서 좋아하는 음식이 뭐냐? 이런 식으로 얘기를 하다 보니 술 얘기가 나왔던 적이 있습니다. 그래서 처음에는 못 마신다 그랬는데 나중에는 사실 잘 마신다 이렇게 본인이 말을 바꾸더라구요."

"못 마신다며 이러니까…"

진수는 여경이 의심하는 눈치에 서둘러 변명했다.

"아니, 술을 시키니까, 술을 먹어서 왜 술을 먹냐? 그러니까 '자신은 잘 마신다' 이렇게 얘기했어요."

"그리고 2차는 어디로 갔어요?"

이 경장은 혐의를 찾지 못하자 화제를 돌렸다.

"바로 맞은편 단도리라는 술집을 갔어요."

"바로 맞은편에 있는 단도리요."

"네, 거기서 '회사에서 트러블이 있고 그동안 나쁘게 얘기됐을까 봐' 그런 식으로 얘기를 하는 겁니다. 저는 그런 건 걱정하지 말고 열심히 다니고 매출만 올리면 된다. 이렇게 조언해 주었죠. 이 친구가 어리다 보니까 그런 것들을 조언해 줬던 거죠. 우리 업장은 매출을 더 올려야 하고, 과장들과 친하게 지내는 것도 좋은데 서로 일할 땐 일을 해야 한다. 과장과의 트러블이 있다 하니까 그런 거를 중재를 좀 해주려고 하다 보니 얘기가 길어져 2차를 가게 된 거예요."

이 경장은 피해자를 억지로 깎아내리는 불필요한 변명이라 생각해 흘려듣고 필요한 부분만 타이핑했다.

문 : 2차를 가자고 제안한 사람은 누구인가요.

답 : 이은주 씨입니다. 이은주 씨가 평소 직장에서는 술을 별로 못 마

신다고 했어요. 그런데 식사 자리에서 갑자기 술을 마시자고 했어요. 못 마신다며 이러니까 '소주 빼고 잘 마셔요' 하는 거예요. 그래서 1차에 소맥을 마셨어요. 나와서 바로 맞은편에 있는 '단도리'라는 술집을 갔습니다.

이 경장은 피해자가 소주를 못 먹는다 했는데, 맥주에 소주를 섞은 소맥을 먹었다는 말이 당최 이해가 안 되었다. '소주를 못 먹는다 하니 빨리 취하라고 폭탄주를 먹였겠지!'
"그 단도리라는 술집은 누가 선택한 거죠?"
"그냥 맞은편에 있어서 거기로 갔던 것 같아요. 누가 정확히 선택한 건지 모르겠는데 바로 앞이라서 갔던 것 같습니다."
"1차 고깃집 상호명은 어떻게 돼요?"
"'우람돈'이라 해요, 단도리 맞은편 이베리코 돼지고깃집입니다."
이 경장은 '네가 미리 물색해 둔 장소니까 기억하는 거겠지! 피해자는 기억도 못 하는데'라고 생각했다.
"두 장소 모두 소래포구 인근인 거죠?"
"네, 맞아요."

이 경장은 술자리에서 나눈 대화를 집중적으로 신문했다. 피의자가 얼마나 일관되게 진술하는지? 어긋나는 부분은 없는지? 피해자와 진술이 다른 경우는 반복적으로 물었다. 피해자는 변호사의 조력을 받아 먼저 진술했다. 변호사가 신문에 직접 개입하는 것은 아니지만 신문 후 의견을 진술할 수 있다. 신문 중이라도 부당한 신문 방법에 대하여 이의를 제기할 수 있어 수사관이 조심하게 된다. 변호사가 제출하는 의견서 또한 유리하게 작용한다. 수사관의 질문에 선입견이나 편견이 들어가지 않도록 해야 하지만 한쪽으로 기울기 마련이다. 수사관의 피의자신문은 기본적으로 피해자가 진술한 내용과 증거 자료로 준비한다. 따라서 질문 내용은 이미 유죄의 심증을 갖고 만들어진다. 수사관이 아무리 객관적으로 썼다 해도 그 질문은 주관적일 수밖에 없다. 그래서 의견서는 한쪽으로 치우치지 않도록 중립을 지켜야 한다. 하지만 변호사는 자신의 의뢰인을 위해 최선을 다할 수밖에 없다. 변호사 3만 3천 시대에 살다 보니 월평균 1.6건밖에 수임을 못 해 생존의 문제가 되었다. 이제는 의뢰인의 유무죄가 아니라 수임료와 성공보수에 더 많은 관심을 가질 수밖에 없다.

수사관은 변호사의 논리를 반박할 만한 법률적 지식이 없기에 휘둘릴 수밖에 없다. 수사관이 판검사마냥 미리 속단하는 경우도 많지만 사실 일반인보다 법률적 지식이 더 많은 건 아니다. 단지 자신의 일과 관련된 부분만 조금 더 아는 것뿐이다. 그래서 비상식적인 기소의견을 내는 경우도 종종 있다. 명백한 객관적 증거나 법리 오인이 아니면 죄의 유무보다는 변호사가 참여하는 게 훨씬 유리하다. "권리 위에 잠자는 자는 보호받지 못한다."라는 말이 있듯 변론에 최선을 다해야 한다. 변호사는 법률자문 및 소송대리를 하기에 당사자보다 판을 잘 볼 수밖에 없다. 죄의 유무가 변호사의 재량에 따라 바뀌면 안 되지만 법이 항상 정의로운 것은 아니다. 수사관의 강압수사로 20년간 억울한 옥살이를 하다가 진범이 잡혀 누명을 벗은 경우도 있다. 피해자의 기억이 다소 일관되지 않아도 인간의 기억은 불완전하기 때문에 정황상 인정하는 경우도 있다. 그래서 성범죄는 합리적인 의심이 없는 정도까지 증명하지 않아도 유죄판결이 나는 경우가 종종 있다. 반대로 피의자의 기억이 일관되지 않으면 범죄를 인정하지 않는다고 생각한다. 따라서 꽃뱀들이 악용하기 좋은 사건이 준강간이다. 경찰은 '무죄추정의 원칙'이란 말이 무색할 정도로 '법의 허점을 이용해 고소했다'는 생각 자체를 못 한다. 이 경장은 같은 여성으로써 이은주의 진술을 더 신뢰한 데다 실적 쌓기에 좋은 사건이라 믿었다.

진급을 위한 실적 쌓기의 폐해는 동탄 화장실 성추행 사건에서 잘 드러난다. 신고한 여성의 말만 믿고 죄 없는 청년을 범죄자인 양 취급해 억울한 가해자를 만든 것이다. 만일, 청년의 어머니가 직접 나서지 않았다면 기소되었을 것이다. 성범죄의 경우, 서로의 진술이 다를 수밖에 없는데 피해자의 진술을 근거로 판결이 나는 경우가 많아 실형을 받을 수 있다. 한국의 성폭력 무고혐의 유죄판결은 7% 미만이고 기소되지 않은 사건까지 포함하면 무고죄 인정률은 2%밖에 안 된다. 준강간은 심신상실 또는 항거불능의 상태를 이용하여 간음 또는 추행함으로써 성립하는 범죄다. 피해자에게 약이나 술을 먹여 인사불성이 됐을 때 강간하는 경우도 이에 해당한다. 3년 이상 10년 이하의 유기징역을 받을 수 있는 중범죄이므로 합의를 해도 실형을 받을 수 있다. 따라서 엄히 처벌해야 함에도 무고한 여자들이 집행유예로 풀려나는 경우가 대부분이다. 한 사람의 인생을 망가뜨리려 한 범죄에 비해 상대적으로 솜방망이 처분이다.

이 경장의 의중을 모르는 진수는 한결같이 억울함을 호소했다.
'술자리에서는 피해자가 직장 내 고민을 얘기해서 사회적 조언을 해주었다. 밥을 사달라 해서 사주었는데, 고민을 털어놔서 술도 마시게 되었다. 술을 마신 이유는 회사 내 고충을 듣다 보니 편하게 얘기하라고 같이 마시게 되었다. 원래 신입사원이 들어오면 회사 카드로 밥을 사주며 고충 처리도 해주기에 이날도 그런 의미로 밥을 먹은 것이다. 사실 둘이 먹는 게 좀 그래서 그날 쉬고 있는 정운영 과장을 부르려 하니 부르지 말라 했다. 정운영 과장이 자기를 좋아해서 부담이 된다고… 정운영 과장의 호감을 안 받아줘서 나쁘게 얘기할까 걱정이 된다'

이 경장의 의심은 점점 더 굳어져 '없는 말까지 지어낸다' 생각했다.
"단도리? 2차에선 음주량이 어떻게 돼요?"
"하이볼을 마셨는데 소주 외에는 잘 마신다 그랬잖아요. 사실

하이볼이 비싸요. 좀 부담됐는데 하이볼을 계속 시키니까 나중엔 자연스럽게 그냥 먹게 됐어요."

이 경장은 '돈은 아깝지만 계속 먹였다는 거네, 쪼잔한 놈'이란 생각에 타이핑을 치며 진수를 꼬나보았다.

"얼마나 마셨어요?"

"꽤 마셨어요. 각 3잔 이상 마셨던 것 같아요."

"각 3잔씩. 술자리 마치고 피해자한테 택시 태워서 보내준다고 한 적 있어요?"

"택시를 태워서 보내준다고 한 적이 없습니다. 왜냐하면 2차 술자리에서 저한테 고백을 했어요. 남자친구와 헤어진 지 4개월 되었고 현재 솔로다. 그리고 정운영 과장이 자기를 좋아하는데 나는 지배인님이 좋다."

이 경장은 피의자의 눈동자나 입꼬리가 바뀌는지 살폈다. 하지만 변하지 않자 더 지켜보다 상황을 정리했다. 2차에서의 피의자 주장은 '정운영 과장보다는 본인을 좋아한다. 남자친구와 헤어진 지 4개월 되었는데 지배인이 자기를 더 좋아했으면 좋겠다. 피해자가 계속 구애를 하니까 피의자도 솔로라서 만나기로 했다. 피해자가 일주일에 한 번밖에 못 만나도 괜찮다' 했다.

"하여튼 진지하게 대화하고 연애하기로 결심했다는 거죠."

이 경장은 '미친 새끼, 연애하자 했다고 바로 호텔로 데려가!' 계속 변명하는 피고인을 보곤 눈살을 찌푸렸다. 자신의 상식으론 도저히 이해할 수 없는 일이었다. '어떻게 직장에서 몇 번 봤다고 잠자리를 할 수 있을까! 분명 준강간이 틀림없다'고 믿었다.

"사실 이게 공과 사를 무너뜨리는 행위가 될 수 있으니까, 저도 고민을 진짜 많이 했죠. 근데 호텔을 바로 결제한 게 아니고 노래방에서 놀다 술 깨면 일하는 호텔로 돌아가려고 했어요. 그런데 그런 모습을 일하는 과장들한테 보이긴 좀 그렇잖아요. 저는 관리자라. 그런데 이 친구가 갑자기 모텔 잡아서 한잔 더 먹자는 거예요."

"그러니까 김진수 씨는 노래방으로 가서 술을 더 먹고 싶었다는 거죠?"

이 경장은 지레짐작했다.

"아니, 술을 더 먹는 게 아니고 그냥 노래만…"

"그럼 호텔에 가게 된 계기가 아까 야놀자 앱에서 어떻게 했다고 했죠?"

"저는 노래방을 가자고 했어요. 노래방 갔다가 보내려 했는데 애가 '우리 호텔 객실에도 노래방이 있지 않냐?' 이러는 거예요. 그래서 '우리가 만나는 거 다른 과장들한테 알려서 좋을 게 뭐가 있냐, 난 안 간다' 했죠. 그랬더니 '다른 모텔을 잡아서 술을 더 먹자'고 했어요."

"상대가 먼저?"

"네, 맞아요. 호텔을 잡아서 먹자 해서."

"둘이 야놀자 앱을 켜서."

"저희 둘이 같이 앱 보고 예약했죠."

"결재는 본인 핸드폰으로 한 거죠?"

"네, 같이 호텔을 잡고 단도리를 결제하고 나왔죠. 한잔 더 먹기 위해…"

이 경장은 '본인 핸드폰으로 결제한 게 맞네, 계속 변명질이야' 하는 생각뿐이었다.

"2차로 결제하고 나왔습니다. 호텔에 가기 전에 들른 곳이 있어요?"

"편의점이죠. 그곳에서 청하가 먹고 싶다고 해서 청하 3병을 샀어요."

"청하를 먹고 싶다고 해서 청하 3병…, 그리고 호텔로 갔어요?"

"네."

"바로 체크인을 했고요?"

"그 과정에서 취한 것도 없었고 부축 같은 것도 일절 하지 않았고요."

"정리해서, 서로 취하지 않았다는 거예요?"

"맞아요. 서로 두 발로 서서 들어갔으니까요."

진수는 둘 다 취하지 않아 부축한 적도 없고, 호텔에 직원이 없어 같이 찾았다는 것을 강조했다. 이 경장은 진술을 다시 정리했다.

"1차 2차 다 그러면 진수 씨가 결제한 거예요?"

"맞아요. 제가 전부 다 했죠."

"그리고 호텔, 편의점."

"맞아요."

"편의점, 호텔, 그리고…"

이 경장은 첫 만남에 모든 비용을 지불한 것 또한 의심했다. 한 사람이 계산할 수 있지만 더치페이에 익숙했기에 더 못 미더웠다. 그런 생각을 눈치챘는지 진수가 바로 변명했다.

"얘가 경제적으로 좀 어려운 사정이 있다는 걸 알게 됐는데, 교제하기로 했으니까 제가 결제를 한 거죠. 뭐 결제하는 건 상관이 없잖아요. 그리고 객실 안으로 들어가는데, 모든 게 하루 만에 이루어졌잖아요. 일반적인 생각으로는 이게 말이 좀 정상적이지 않다는 생각이 들 수 있어요. 이 친구가 계속 구애를 해서 교제하게 됐지만 혹시나 모를 그런 상황에 대비해서 녹음을 했죠. 그 녹음을 한 이유도 제가 호텔 일을 하면서 이런 일을 자주 맞닥뜨려요. 경찰이 CCTV 보자. 그래서 사실상 저는 방어 차원에서 녹음한 거예요."

이 경장은 '미친 변태 새끼, 누가 연애하는데 녹음을 하니!' 뭔가 불순한 의도로 믿었다. '피해자를 취하게 하려고 다 샀겠지!' 하는 의심도 생겼다. 기성세대들은 데이트 비용을 남자들이 지불했을지 몰라도 요즘 세대들은 더치페이를 했기에 믿지 않았다. 본인 또한 더치페이에 익숙해 모든 걸 결제했다는 말에 더 의혹을 가졌다. 하지만 정말 잘생긴 선남선녀들은 더치페이를 하지 않는다.

블랙핑크 로제에게 밥값을 내라 할 것인가? 차은우에게 밥값을 내라 할 것인가? 오히려 만나줘서 고맙다고 서로 사주려 할 것이다. 시대가 아무리 변해도 고만고만한 사람끼리 더치페이를 하게 마련이다. 경제적 형편으로 한쪽이 계속 사는 경우도 있지만 그리 오래가지 못한다. 형편이 어려워도 몇 번 얻어먹으면 반드시 한두 번은 사야 관계가 오래 유지된다.

"혹시 호텔은 몇 호에 머물렀는지 기억…"
"609호입니다. 제가 예약한 거는 스탠다드로 기억하는데 직원이 카드키를 주면서 객실이 여유가 돼서 업그레이드 해줬다 했어요."
이 경장은 누가 카드키를 받았는지 물었는데 역시나 진수가 받아서 올라갔다. 이 경장이 타이핑을 끝내자 진수가 다시 말했다.
"그렇게 들어갔는데, 방에 들어가자마자 멀쩡하던 애가 갑자기 머리가 아프다, 내일 출근을 안 하면 안 되냐? 이렇게 말을 해요. 저희가 교제함으로써 공과 사가 무너질까 싶어, 제가 물어봤죠. '너 나 이용하는 거야?' '그러려고 그런 거야?' 그러니까. 이것도 녹취록 가져왔으니까 참고하시면 됩니다."
진수는 자신의 무고를 입증하기 위해 녹취파일을 국가 공인 속기사에게 의뢰해 문서로 만들어 왔다. 진수는 경찰이 녹취파일을 확인하면 자신의 결백이 입증될 거라 믿었다. 그래서 계속 주저리주저리 설명했다.
"'그런 거 아니다. 이용하려고 했으면 진작 이용했겠죠' 이렇게 말했어요."

"그러면 그 녹취는 언제부터 한 거예요?"

이 경장은 따박따박 정확히 물었다.

"여기부터입니다. 들어오고 나서 광어회를 다 세팅하고 애가, 이 친구가 광어회가 먹고 싶대요. 안주로 그래서 광어회를…"

이 경장은 용의점을 찾지 못하자 다시 화제를 돌렸다.

"그럼 둘이 같이 들어가서 이제 이은주 씨가 먼저 직원을 불렀다고 했잖아요?"

"어떤 걸 불러요?"

"직원, 거기 호텔에 있는 직원을 이은주 씨가 불렀다고 그러지 않았어요?"

"저희가 같이 찾았죠. 로비에 직원이 없으니까."

"로비에 직원이 없어서…"

이 경장은 되뇌며 타이핑을 쳤다.

"같이 찾았어요. 주변을 돌아다니며 직원을 찾았죠."

"그러고요. 직원이…?"

"나오면서. 객실에 여유가 있어서 609호로 업그레이드 해주었다고 했어요."

이 경장은 타이핑을 치다 허점을 발견한 듯 급히 물었다.

"근데 이은주 씨가 먼저 직원을 불렀다고 말씀하지 않으셨어요? 저한테 통화했을 때."

"제 기억으로는 CCTV를 채증 하셨다니까 제가 따로 안 받았는데 책상 위에 종인가 뭔가 있어서 이렇게 쳤던 것 같아요."

진수는 손바닥을 내리치는 동작을 하며 그 당시 상황을 재현했다.

"약간 좀 먼저 직원을 적극적으로…"

"예, 맞아요. 그래서 제가 웃었던 것 같은데."

"직원이 나와서 객실에 여유가 있으니 609호로 업그레이드를 해주겠다고 해서 같이 들어간 거죠. 그때 호텔 키 누가 받았고, 누가 열었는지 기억나세요?"

"제가 받았죠. 아마 저한테 쥐여줬을 거예요."

"거기 키를 직원이 줬다. 그래서 제가 문을 열었던 것 같다."

이 경장은 진수가 먼저 문을 열었는지 다시 확인했다.

"네, 그렇죠. 둘 다 609호가 어딘지 모르니까 두리번거리며 끝까지. 혹시 CCTV 채증을 복도까지 하셨어요? 제 기억으로는 끝까지 갔다가 한번 되돌아왔던 것 같아요. 어딘지 모르니까 은주도, 같이 끝까지 걸어갔다가…"

"609호가 안 보여서 두리번거리며 쭉 걸어갔다가 다시 돌아와 609호 찾아서 함께 들어간 거다."

"그 과정에서 제가 밀거나 잡아당기거나 이런 게 전혀 없었으니까요."

진수는 객실로 들어가는 과정에서 '어떠한 위력도 없었다' 했으나 이런 것은 누명을 벗는 데 중요하지 않다. 앞뒤 정황상 범죄사실을 소명하는 데 필요한 것뿐이다. 한집에 사는 부부간에도 의사에 반해서 했냐 안 했냐로 강간죄가 성립한다. 일반적인 경우는 아니지만 부엌칼로 위협하고 폭행한 점이 문제가 되었다.

 여성의 허락하에 음경을 삽입해도 마음이 바뀌어 빼라 하면 빼야 하는 것이다. 이런 사실을 알고 있는 꽃뱀들은 성관계 직전에 관계를 거부한다. 이미 몸이 달아오를 대로 달아오른 남자들은 그 말을 귓등으로 듣게 된다. 결과적으로 합의금 조로 2천만 원 상당의 금품을 상납해야 풀려난다. 꽃뱀은 칼만 안 든 강도인 것이다. 아니, 강도보다 더 나쁘다. 강도는 돈만 빼앗지만 꽃뱀은 돈도 뺏고 감옥도 보낸다. 따라서 조금이라도 이상하면 관계를 갖지 말아야 한다. 또한 녹음을 해두는 것도 방어 차원에서 중요하다. 녹음을 안 하면 여자에게 무조건 유리할 수밖에 없다. 당장 한 달이면 CCTV도 지워지는 마당에 수년, 수십 년 된 성범죄를 신고하는 것은 말도 안 된다. 그때는 참을만했는데 지금은 참을 수 없다는 말인가! 결국 피해자라 주장하는 사람의 입만 보고 기소를 하면 또 다른 피해자를 양산하게 된다. 인간의 기억은 왜곡될 수 있기에 더 확실한 물증이 필요하다. 무고죄는 피해자가 받을 수 있는 형량의 2배로 다스려야 근절된다. 하지만 현실은 부모의 추궁에 무서워서, 남편이나 남자친구에게 잠자리를 들켜서, 돈벌이를 위해 무고해도 솜방망이 처벌을 받는다. 억울한 옥살이가 잦아지다 보니 젊은이들이 아예 연애를 안 한다. 이렇게 한두 명만 억울한 옥살이를 해도 인터넷 사이트나 유튜브를 통해 수많은 젊은이들이 여성을 기피하게 된다. 잘나가던 유명 코미디언이자 사업가였던 주병진 씨도 무고사건 트라우마로 결혼을 못 했다. 노인들 케겔운동을 시킬 게 아니라 무고한 젊은이들 억울한 옥살이를 막는 게 '저출산 운동'에 더 도움이 된다.

"그러면 이제 609호 문을 열고 객실 내에서의 상황을 한번 진술해 보세요."

이 경장은 1차부터 호텔까지 모든 과정을 진수가 주도한 것으로 보았다. 그러면서 어디까지 변명할 것인지 계속 들어보기로 했다.

"이 친구가 광어회를 좋아해서 광어회가 먹고 싶대요. 광어회를 시키라 해서 객실 앞으로 광어회를 배달시켰습니다."

"객실 앞으로 배달을 시켜, 배민 이용한 거예요?"

"그렇죠, 배민 이용했죠. 그래서 같이 광어회를 세팅하고, 청하를 먹고 싶다 해서 청하를 마셨죠."

"그래서 광어를 세팅하고 아까 편의점에서 사 온 청하랑 같이 먹었어요?"

"네."

"그리고요?"

"그 과정에서 이런저런 얘기를 하다가 '갑자기 머리가 아프다, 다음 날 출근 안 하면 안 되냐?'길래 저는 또 저를 이용한다는 것 같은 생각이 들어서 '나 이용하냐?'고 물어봤고요."

"이용하는 것 같은, 내가 이런 상황이 올까 봐 연애를 신중하게 고민했다."

"맞아요. 결국엔 이런 공과 사가 무너질까 봐 신중하게 결정했는데 제가 너무 좋다고 하니까 그냥 받아준 거죠."

이수정 경장이 피의자의 진술을 정리한 기록은 간결했다.

문 : 609호 문을 열고 객실 내에서 상황을 진술해 보세요.

답 : 이은주 씨가 광어회를 좋아한다며 먹고 싶다고 저에게 시키라고 했어요. 배달의 민족을 이용해 객실까지 배달을 시켰어요. 광어회를 세팅하고 편의점에서 사 온 청하와 같이 먹었어요. 그 과정에서 '머리가 아프다며 다음 날 출근 안 하면 안 되냐?' 하는 거예요. 저는 저를 이용하는 것 같아 '너 나 이용하는 거야?' 하고 물어봤어요. 그런 상황이 좀 싸하기도 하고 혹시나 몰라 이때부터 녹음했어요. 제가 이런 상황이 올까 봐 연애를 신중하게 결정한 것인데, 저를 너무 좋아한다고 하니까 받아준 것이었어요. 그런데 계속 머리 아프다면서 내일 출근 안 하면 안 돼요? 하는 거예요. 2차에서 교제하자고 한 뒤에 서로 반말을 했는데 갑자기 존댓말을 하는 거예요. 반말과 존댓말 섞어 쓰니까 저를 이용하려고 만난 건가 하는 생각이 들었어요. 그런데 호텔에서 저를 좋아한다고 계속 이야기를 해서 의심을 지우고 연인처럼 있었어요. 술을 먹고 난 뒤 30분쯤 지나서 이은주의 휴대전화에 전화가 수

차례 왔어요. 전화가 오는데 안 받아서 전화를 받으라 했어요. 이은주가 전화를 받으니 전화기 너머 욕설이 들리는 거예요. 욕을 몇 분가량 해서 '이 시간에 누가 전화해서 욕을 하는 거냐?' 하니까 '헤어진 전 남자친구다' 하는 거예요. 언제 헤어졌냐? 하니 작년 11월에 헤어졌다고 했어요. 헤어진 지 오래되었는데 왜 이 시간에 전화하는 것이지? 그리고 왜 전화를 차단하지 않고 받았을까? 사생활이 문란한 것인지 의심도 들었어요. 두세 번 정도 전화를 받아 계속 욕을 해서 전 남자친구가 맞는 것인지? 되물었어요. 그래서 저를 진짜로 만나고 싶은 것이 맞냐고 물었고, 맞다고 해서 믿기로 했어요.

이 경장은 본격적으로 신문을 이어갔다.
"성관계를 한 사실은 있어요?"
"네, 했습니다."
"성관계를 하게 된 그 상황은요?"
"이 친구가 청하를 3병 먹고 싶다 해서 사 왔는데 나중에는 안 먹겠다 하고 침대로 갔어요."
"처음에 그럼 술 안 마시고 침대에 그냥 간 거예요. 여자는…?"
"아니죠, 술 먹다 말고…"
"전화 통화가 끝나고 나서 이은주 씨가 술을 마시다 말고 침대로…"
"가서 누우니까 저도 이제 간 거죠."

이 경장은 귀를 쫑긋 세웠다. 지루했던 신문과정을 거쳐 이제 본격적인 사건의 시작이었다. 따라서 피고인의 목소리에 귀를 기울였다.

"침대로 자러 가서 이제 관계가 시작된 거죠. 처음에는 뭔가 그러니까 뭐라 그래야 하나… 좀 약간 연인관계에서 그런 거 있잖아요. 첫날밤이다 보니 약간 부끄러워하는 그런. '싫어' 하는, 그런 식으로 했어요. 그래서 '너 싫으면 안 할게' 했어요. 근데 그게 아니래요. 계속해도 된대요."
"녹취록에 그런 게 나와요?"
"다 있어요."
"그런 식으로 의사 표현을 해서 키스를 하는데 갑자기 혀를 깨무는 거예요. 제가 아파서 왜 혀를 깨물어? 하니까 미안, 미안하대요. 도대체 왜 이러는 거냐? 하기 싫으면 안 한다. 짜증을 내니까 장난친 거래요. 그래서 한 번 더 물어봤는데 아니라 해서 서로 합의가 된 줄 알았어요."
이 경장은 '혀를 깨문 것은 강한 저항인데! 강제로 한 것이 맞잖아!' 하는 생각이었다.
"어쨌든 성관계를 했다는 거죠?"
"그렇죠, 성관계를 했는데. 부끄럽다고 해놓고 '내가 넣을게' 하고는 본인이 손으로 잡아서 삽입했어요."
"갑자기?"

이 경장은 자신도 모르게 말이 새어 나왔다.

"성관계를 막 시작할 때 '내가 넣을게' 했어요."

"그래서 관계를 시작했다. 잠깐만요, 그러면 녹취를 처음 시작하게 된 이유는요?"

"녹취파일이 하나로 된 게 아니고 중간중간에 문자를 하거나 해서 껐다 켰다 했어요."

이 경장은 갑작스러운 전개에 유도신문 기회를 놓쳐 다시 물었다.

"처음에 청하 먹으면서 출근하기 싫다는 말을 했을 때 이용하는 것 같아 녹취를 했어요?"

"그래서 녹취했다기보다 이게 정상적이지 않다고, 정상적이지 않다는 게 아니라 어떻게 보면 저의 방어기제로 그냥 한번 녹취를 한 거고 느낌이 싸해서 시작했다가 그렇게 된 거죠. 호텔에서 근무하면서 이런 상황들을 간접적으로 경험했어요. 경찰에서 CCTV 협조 요청도 왔었고, 이렇게 잠자리를 빠르게 가진 적이 처음이다 보니까 그랬던 것 같아요."

진수가 몇 차례 말을 바꾸자 이 경장은 실눈을 떴다.

"그러면 퇴실 전에 잠자리는 몇 번 했는지 기억나요?"

"두 번 했어요. 퇴실 전에는 안 했고 연속적으로 했어요."

"연속적으로 두 번 했던 것으로 기억한다."

"그게 텀이 1시간 정도 얘가 '그냥 싸달라!', '더 쑤셔도 된다!'는 말도 있고. 이거 속기록에 있는데 이거를 좀 써주세요."

"그거는 제가 나중에 볼게요. 어쨌든 두 분이 성관계를 완전히 부인하는 것이 아니라 인정하되 강압에 의한 것이 아니라 합의하에 이루어진 것이라는 거잖아요?"

이 경장은 혐의가 안드로메다로 날아가 급히 쫓느라 옷 위에 우주복을 껴입는 심정이었다. 그런데 눈치 없는 진수가 다시 말을 이었다.

"중요한 거는 합의하에 했지만 준강간이라는 것 자체가 의식이 있는 게 중요하잖아요. 관계가 끝나고 얘가 '밖에다 쌌지?' 해요. 그건 정확히 인지하고 있다는 거잖아요."

"충분히 검토할 거니까, 1시간 뒤에 두 번째 성관계를 했다는 거죠?"

"네, 저는 관계가 끝나고 씻었는데 얘는 안 씻고 이불 덮고 자려는 거예요. 그래서 씻고 오라고 했죠."

"잠깐만요. 두 번째 성관계에서 피해자가 원하지 않는다는 의사 표현을 했어요."

이 경장은 1패 이후 진수의 목에 진검을 겨눴다.

"안 했죠, 그냥 자연스럽게 하게 됐어요. 껴안고 자다가 관계를 한 번 더 하게 되었어요."

"두 번째 관계할 때 젤을 사용한 적이 있어요?"

이 경장은 피해자 진술을 토대로 강제로 당했다는 것을 입증하기 위해 물었다. 피해자의 질이 말랐다는 것은 준비가 안 된 성관계라는 뜻이다.

"젤이요? 얘가 성기가 너무 말라 있어서 물어보니 자기는 관계할 때 젤이 없으면 안 된다. 그래서 여성 청결제, 그거를 대신 썼던 것 같아요."

사실 얼굴 반반하고 몸매 좋은 20대 여자가 숫처녀일 확률은 절반도 안 된다. 한국 청소년의 첫 성관계 나이는 평균 13.6세라 조사되었다. 이는 초등학교에서 중학교로 올라가는 시기이며 SNS를 시작하며 관계를 갖는다 한다. 이때 노래방이나 카페에서 관계를 가져 온갖 위험에 노출되기도 한다. 19세 이전에 첫 경험을 한 남성은 8.9%이며 여성은 6%였다. 성인 중 절반은 20세에서 24세 사이에 첫 경험을 하는데 남성은 65.9%, 여성은 57.4%였다.

"젤을 바를 때 피해자가 거부한 적 없어요?"

"거부한 건 아니고 앙탈을 부렸어요. 그것도 중간에…"

"거부한 적은 없지만 앙탈은 부렸다, 녹취파일이 있나요?"

이 경장은 앙탈이란 말이 피해자 입장에선 틀림없는 거부라 생각했다.

"아니요, 이제 연인관계라 생각해 녹음은 안 했고, 처음처럼 똑같이 손으로 가리고 부끄럽다는 식으로 앙탈을 부렸어요. 그래서 관계를 할 것인지 확답을 받고 했어요."

이 경장은 미리 짐작해 물었다.

"젤을 바르기 위해 손에다가 묻혔잖아요?"

"제가요?"

"아니에요? 그냥 바로 성기에다 묻혔어요?"

이 경장은 범죄혐의를 찾기 위해 적극적으로 캐물었다.

"어디다 묻혔는지 기억은 안 나고 쓴 건 확실해요."

"피해자 성기 위에 바를 당시 기억은 잘 안 나나요?"

이 경장은 강제로 성관계를 하려고 피해자의 질에 바른 것이라 추론했다.

"온전하게 기억이 나진 않은데. '성기에 바로' 이게 중요한 건가요?"

진수는 의도하지 않은 무의식적인 행동이었기에 기억을 못 했다. 의도 했다면 생생히 기억했을 것이다. 이 경장은 유도질문이 실패하자 얼비무리느라 말이 길어졌다.

"그 상황을 우리가 CCTV가 없으니까 자세하게 들어보려는 거예요. 두 분의 진술을 더 자세하게 들어보려고. 성기에 바를 당시의 진술을 해보면 두 번째 관계죠, 두 번째 관계에 대해서 정확하게 기억은 안 나는 거고요. 성기가 말라서 여성 청결제를 사용했으나 어느 부위에 바른 것인지는 기억이 안 나요. 퇴실은 누가 먼저 했어요?"

"퇴실은 제가 먼저 했죠. 아침에 출근하기 전에 은주의 옷가지를 정리해 줬어요, 침대 밑에 헝클어져 있어 정리해서 올려놨는데 '갑자기 머리가 아파서 출근을 안 하면 안 되냐?'고 물어봤어요. 그래서 '출근 안 하는 건 좀 그러니까 차라리 지각을 하라'고 했어요. 근태에 관련된 거라 좀 야박하게 말했어요."

이 경장은 옷도 정리하지 못할 만큼 취한 상황을 배제할 수 없었다. 따라서 범죄의 개연성을 떨치지 못했다.

"야박하게 이야기했어요? 그랬더니 어땠어요?"

"반응이 좋지 않았죠. 시큰둥했죠. 저도 솔직히 마음이 그렇게 좋지 않았어요."

"어쨌든 출근을 해야 하는 상황이니까?"

"그죠, 저는 9시까지 출근해야 하는 입장이고, 그 친구는 11시까지 출근이었는데…"

"달래고 나왔어요? 아니면 그냥 나온 거예요?"

이 경장은 여자를 달래지 않았을 것이라 확신했다. 범죄자들은 하나같이 자기 욕심만 채우면 나 몰라라 했다.

"달래고 나오지 않았죠. 저는 시간이 얼마 없어서 '출근할게' 하고 나왔어요."

이 경장은 퇴실 후 피의자의 행적을 더 듣고 정리했다.

문 : 누가 먼저 퇴실했나요?

답 : 제가 먼저 퇴실했어요. 저는 출근을 해야 해서 먼저 나왔고, 나가기 전에 바닥에 놓여 있는 이은주 씨의 옷가지를 침대 위에 정리해 두었어요. 그런 상황에서 이은주 씨는 또다시 저에게 "출근 안 하면 안 되냐?" 하고 묻는 거예요. 그래서 저는 출근을 안 하는 것보단 차라리 지각을 하라고 좀 야박하게 이야기했어요. 그랬더니

시큰둥한 반응을 보였어요. 어쨌든 저는 9시까지 출근을 해야 하는 상황이었고, 그 친구는 11시까지 출근이기에 제가 먼저 나왔어요. 그런데 11시가 되자마자 그날 근무자인 정 과장에게 전화가 왔어요. 제가 출근해서 그 과장과 함께 있어서 통화 내용을 들었는데 머리가 아파서 출근을 못 하겠다고 했어요. 그런데 과장이 수화기를 들고 옆에 있는 저에게 "머리 아파서 출근 못 하겠다는데요." 해서 교제 사실을 숨기려고 알았다고 했어요. 마음은 좋지 않았어요. 우려했던 공과 사가 무너지는 상황이 올 것 같아서요.

"당시 함께 있던 정 과장이 누군가요?"
이 경장은 화제를 정 과장에게 돌렸다.
"정운영 과장입니다."
"정운영 과장에게 피해자와 있었던 일을 이야기했나요?"
"저는 이야기 하지 않았습니다. 그런데 이은주 씨가 다음 날, 과장과 대표 등 함께 일하는 사람들에게 이야기했던 걸로 알아요. 정운영 과장과의 일을 좀 알았기에 이은주 씨와 교제한다는 것을 눈치채지 못하게 카톡을 일절 하지 않았어요. 그리고 원래 일할 때는 휴대전화를 안 써요."
"피해자를 택시 태워 보냈다고 여기 함께더 호텔…"
"피해자를 택시에… 어떤?"
"피해자 얘기로는 과장에게 함께더 호텔에서…"
"아니, 그건 교제 사실을 숨기려고 정운영 과장에게 은주 씨는 택시 태워 보내고, 저는 우리 회사 소래포구 지점인 함께더 호텔에 묵었다고 했어요. 개인적으로 물어본 거라 거짓말을 한 거죠."

이 경장의 신문은 2시간에 걸쳐 이어졌다. 질문에 답하던 진수가 자신에게 유리하게 여기저기 살을 붙이다 보니 많이 늦어졌다. 사실 불필요한 말은 오히려 불리하게 작용할 수 있다. 말이 많아지면 변명으로 보이거나 실수를 하기 마련이다. 이를 바로잡다 보면 번복하는 것으로 비쳐 진술의 신빙성이 떨어진다. 오히려 진술거부권을 행사하여 불필요한 정보를 차단하는 것이 더 유리하다. 수사관은 피해자의 진술을 토대로 수사를 해야 해서 거짓 진술로 수사한 경우, 그 부분을 공략해 무죄를 밝힐 수 있다. 이와 반대로 상대의 거짓말에 제대로 대응하지 못하면 억울한 누명을 쓸 수 있다. 따라서 형사소송에서는 변호사를 선임해 주관적 주장이 아닌 객관적 판단을 받는 게 좋다. 일반인들이 자신의 입장에서 당연히 무죄라 생각한 것도 법률적 관점에서 유죄가 될 수 있다.

이 경장은 피의자가 퇴실하고 나서의 진술을 정리했다.

문 : 2024년 3월 5일, 퇴실하고 난 뒤 피해자와 관계는요?
답 : 제가 근무할 때는 휴대전화를 거의 사용하지 않아요. 휴대전화를 보고 있으면 교제 사실을 들킬 것 같아 평소처럼 휴대전화를 안 봤어요. 그런데 아무런 연락이 없다가 11시에 정운영 과장에

게 연락해 출근을 안 하겠다 하니 화가 좀 났어요. 퇴실하기 전에 출근하기 싫다 해서 "그래도 출근은 해야지." 하고 말한 것이 서운해서 연락을 안 하는 것인가? 싶어 퇴근하고 오후 6시 30분에 '머리 아픈 건 어때?' 하고 먼저 카톡을 보냈어요. 그런데 이은주 씨가 보고 나서도 답장을 안 했어요. 그래서 제가 '많이 서운했나 보다' 싶어서 오후 7시 30분에 한 번 더 보냈어요. 그래도 답신이 없어 전화를 몇 차례 했어요. 많이 서운해하는 것 같아 풀어주려 했는데 전화를 안 받았어요. 그래서 오후 8시 30분에 '아무 이야기도 안 할 거야?' 하는 톡을 보냈어요. 그런데 읽기만 하고 답장이 없었어요. 이렇게 계속 답장이 없으니까 이상한 생각이 들었어요. 저녁 9시 30분에 파출소에서 전화가 왔어요. 저보고 출석해서 조사받으라 해요. 저는 32년간 경찰서를 오간 적이 없고 바르게 살았기에 전화를 받자마자 이은주 씨와 관련된 것으로 생각했어요.

이 경장은 피의자의 진술을 토대로 피해자와 합의된 성관계였다고 주장하는 것인가? 확인했다. 진수는 이를 입증할 녹음파일과 녹취록, 그리고 사건과 관련된 통화 내용이 담긴 USB를 제출했다. 마지막으로 친한 언니라는 사람과의 통화 내용을 말했다.

문 : 더 할 말 있나요?
답 : 2024년 3월 6일 13시 17분경 이은주의 친한 언니라는 사람에

게 연락이 왔어요. 통화 중에 제가 녹취파일이 있다는 것을 알렸더니 그 녹취파일을 달라고 하는 거예요. 녹취파일은 저를 보호하기 위해 녹음한 것이지 다른 사람에게 보내려 한 것은 아니에요. 그런데 제3자에게 보내는 것은 유포라 생각해 보내지 않았습니다. 그런 녹취파일을 달라고 하는 것 자체가 이해가 안 갔어요. 본인이 피해를 당했으면 들을 이유가 없다고 생각했어요. 그리고 3월 7일 5시 12분경 11통이나 되는 문자를 보냈어요. 둘이 합의하라는 내용으로요. 그 친한 언니라고 하는 분과 주고받은 문자 내용도 USB에 다 있습니다. 참고해 주세요.

진수는 이은주의 친한 언니라 주장하는 여자와 첫 번째 통화에서 '마지막 기회를 준다는 말의 의미'를 설명해 주었고, 두 번째 통화에서 녹취가 있다고 떠벌렸다. 하지만 먼저 통화한 남자친구에게도 알렸기에 알고도 모르는 척할 수 있다. 어쨌든 패를 먼저 보여줌으로써 자신의 결백이 아닌 유리한 카드를 보여준 것이다. 포커를 칠 때 자신의 패를 상대에게 보여주면서 이기겠다고 하는 것과 같은 객기다.

진수는 진술 과정에서 교재라 생각했는데 3명이 짜고 친 사기라 생각해 무고로 고소하려 했다. 하지만 이수정 경장은 사건이 진행 중이고 차후에 수사가 종결되면 송치가 될지 안 될지 모르니 그때 결정하자고 미루었다.

2시간가량 진술한 내용을 적은 피의자신문조서의 실제 분량은 13쪽밖에 안 되었다. 이수정 경장은 작성한 문서를 김진수에게 보여줘 사실과 다른 부분은 수정하도록 했다. 진수는 불필요한 문장과 단어 몇 개를 수정했다. 그 뒤로 사실대로 진술했다는 자필 서명을 했다. 추가적인 서면 의견이나 자료를 제출할 것인지 묻는 의견에도 답했다. 마지막으로 진술서에 기록된 모든 페이지마다 지장을 날인하고 진술자란에 서명과 함께 지장을 찍었다.

　피의자신문조서는 문답 형식의 시나리오 기법으로 쓰인 조서이다. 주관적인 문서가 될 수밖에 없기에 객관적인 진술 형식으로는 부적절하다. 따라서 현장성을 돋보이게 할 수는 있지만 사실이 아닌 것을 사실처럼 보이게 만들 수 있다. 피의자 조사를 받을 때 가장 중요한 것은 얼마나 정확하게 기록했는지 확인하는 것이다. 내가 말한 단어와 표현 등이 다른 뉘앙스나 문장이라면 반드시 수정해야 한다. 단어나 단서, 뉘앙스 하나하나가 재판에서 불리하게 작용할 수 있다. 그래서 신문이 끝나면 꼼꼼히 하나하나 다 읽어보고 수정하는 데 많은 시간을 할애해야 한다.

　진수는 경찰서를 나서기 전에 형실효법(형의 실효에 관한 법률) 관련해서 열 손가락의 지문을 찍어 신분을 확인해 달라는 요청을 받았다. 예전엔 종이에 일일이 찍었지만 지금은 전자지문으로 날인하여 데이터베이스에 기록한다. 전자지문을 찍는 동안 죄인이 된 것 같아 착잡한 심정이었다. 경찰이 피의자의 지문을 채취하는 것은 정당한 수사이나 불기소처분 사유에 해당하는 사건의 피의자는 지문을 채취하지 않도록 하는 예외규정이 있다. 그러나 피의자가 불기소처분을 받을지 기소처분을 받을지는 검찰에 송치된 후 수사 결과를 봐야 알 수 있다. 기소 전의 열 손가락 지문을 채취하는 것은 분명 위법의 소지가 있다. 하지만 대다수는 위법인지도 모르고, 알아도 불이익을 받을 것 같아 협조 요청을 거절하지 못한다.

처음 말고 두 번째

진수는 조사를 마치며 자신의 누명을 벗을 수 있다고 믿었다. 그래도 찜찜한 구석이 있어 다음 날 CCTV 확인 요청을 위해 담당 수사관에게 전화했다.

"네, 여청과 수사팀입니다."

"네, 어제 조사받았던 김진수입니다. 제가 급하게 나서느라 CCTV를 본다는 걸 깜빡했는데 어떻게 해야 볼 수 있을까요?"

"인천에 또 오실 일 있죠?"

"네, 지금 인천이에요."

"그러세요. 여기 오시는 데 얼마나 걸리나요?"

"한 30분에서 1시간 사이로 갈 수 있을 것 같아요."

"다음 주는 어떠세요, 제가 당직을 해서 퇴근이라…"

이 경장은 곧 퇴근이라 다른 날로 약속을 잡자고 했다.

"아 그러세요. 저는 밤에 전화드리려다 늦은 시간이라 아침에 전화드렸는데, 아침에 퇴근하시는 줄 몰랐어요."

"그런데, 기억하신 내용 그대로예요. 그 여성분하고 같이 들어오셔서."

"솔직히 직원을 부른 게 맞잖아요, 제가 기억이 조작된 게 아니라면."

"맞아요, 말씀하신 내용 그대로예요."

"6층에서도 두리번거렸죠?"

"제가 다르면 보여드리면서 내용이 다르다 할 텐데, 내용이 그대로여서 보여드릴 필요가 없다고 생각이 들었나 봐요. 근데 보시려면 보셔도 되고…"

"저도 CCTV를 안 본 게 2차에서 대화를 많이 해서 술이 거의 깬 상태였어요. 제가 그러면 변호사를 선임하는 게 좋을까요?"

"제가 이렇다 저렇다 할 수는 없어요."

"네, 그러시겠네요."

"사실 이런 경우에 피해자가 계속 그렇게 주장을 한다면 변호사를 선임해서 도움받는 게 나쁘지 않다고 생각해요. 지금 준비하신 그런 증거 자료들을 봤을 때는 서로 엇갈리지만 객관적인 명확한 증거가 있느냐 없느냐, 요 차이니까."

"네, 그렇죠."

이 경장은 아직 수사 중인 상황이라 말을 아꼈다.

"제가 말씀드렸다시피 불송치가 되더라도 피해자 쪽에서 이의 제기를 해서 송치를 하게 되면 검찰청에 갈 수밖에 없어요. 그래서 제가 '끝날 때까지 끝난 게 아니다'라고 말씀을 드릴 수밖에 없어요. 결과가 어떻게 될지 모르는 거니까."

"네, 알겠습니다."

"아니면 결과 나오는 거 보고 선임을 결정하면 될 거 같기도 해요."

"감사합니다. 오늘 너무 고생 많으셨어요."

"네, 들어가세요."

진수는 피의자신문을 마친 후 이 경장으로부터 "불송치될 것 같다."는 얘기를 들었기에 안심했다. 하지만 오늘은 피해자 쪽에서 이의 제기를 하면 검찰로 갈 수 있다 하니 반신반의했다. 한 달이 지나, 일상으로 돌아갈 때쯤 수사 결과 통지서가 날아들었다.

인천 경찰서

제2024-0123456호

수사 결과 통지서(피의자 · 송치 등)

귀하와 관련된 사건에 대하여 다음과 같이 결정하였음을 알려드립니다.

죄명 : 준강간

결정일 : 2024. 05. 10.

결정종류 : 1. 송치(●) : 인천지방검찰청(☎ : 1919)

주요내용 : 별지와 같음

담당팀장 : 여성청소년수사4팀 경감 고소미

[주요내용]

귀하의 피의사건 관련 각 피해자 · 피의자 진술, 귀하의 제출자료, 국립과학수사 연구소 감정서 등 면밀히 검토한 결과 '피해자의 항거불능 상태를 이용' 범죄혐의가 인정되어 인천검찰청으로 송치(불구속)합니다.

문의 사항은 연락바랍니다.

여성청소년수사4팀 경장 이수정

"피해자의 항거불능 상태를 이용하여…" 수사 결과 통지서를 읽던 진수는 뒤통수를 한 대 얻어맞은 것처럼 아렸다. 그동안 "불기소처분될 것 같다."는 여경의 말에 안심했다. 사실 수사하는 입장에서는 피의자가 경계하고 입을 닫으면 수사가 어렵기에 안심시키려는 경향이 있다. 따라서 허점을 찾으려고 잘 응대해 주는 것인 뿐인데 경찰을 너무 믿은 것이다. 그들은 유무죄와 상관없이 실적을 올리기만 하면 된다. 물론 민중의 지팡이라 불릴 만큼 정의로운 경찰도 있지만 실적만 채우려는 경찰도 많다. 불기소처분은 온당히 자신의 몫이지만 기소를 하면 검찰이 알아서 할 일이고, 유죄라도 받으면 실적을 쌓을 수 있으니 당연한 결과였다. 이

수정 경장도 다를 바 없었다. 피의자를 안심시키기 위해 기소가 안 될 것처럼 말하고 자백을 유도했다. 하지만 워낙 거짓말을 잘해서 국과수 감정을 핑계로 결론을 내렸다. 또한 검찰에 송부해야 할 피의자의 증거 자료를 일부러 누락시켜 빅 엿을 선물했다. 피해자 측 손을 일방적으로 들어준 게 아니라 나쁜 놈을 제대로 응징했다고 믿었다. '억지로 술 먹여 강간하는 나쁜 새끼, 거짓말이나 하는 재수 없는 놈. 기소되면 실적 쌓아 좋고 안 되면 말고…'

사건이 검찰로 송치되자 진수는 정재영 변호사의 도움을 받아 대응 방법을 물색했다. 피해자가 고소한 내용은 아직 모르나 호텔 대표와 통화했던 내용으로 짐작할 수 있었다. 그들은 녹취파일이 있는 시간대는 함구하고 녹취파일이 없는 두 번째 관계를 준강간으로 고소한 것으로 보였다. 고소는 범죄를 당한 피해자나 법정대리인이 범죄사실을 신고하여 가해자가 처벌받도록 하는 행위이다. 반면 고발은 피해자와 제삼자가 범죄사실을 수사기관에 알려 범인의 처벌을 구하는 행위이다. 따라서 범죄의 소명이 밝혀지면 처벌해 달라는 것이라 무고죄가 성립하지 않는다. 다만, 처벌해 달라고 요구하면 무고죄가 성립된다. 고소장이 없어 고발인 줄 알았으나 112신고로 인한 발생사건이었다. 발생사건은 추후에 고소장을 추가로 제출하여 고소인의 신분이 된다. 먼저 무죄를 밝히고 나서 무고죄로 고소하기로 했다. 합의하의 성관계를 성폭행인 것처럼 직장에 알려 명예를 훼손했고 2명으로 하여금 협박했으니 공동정범으로 처벌해 달라는 형식을 취했다. 하지만 이은주 외 성명불상 남자와 성명불상 여자를 공동정범으로 고소하는 건 쉽지 않았다. 이은주의 말을 믿은 것이라 하면 범죄를 입증하기 힘들었다.

정재영 변호사는 먼저 준강간 혐의를 벗기 위해 피해자의 거짓 진술을 깨야만 했다. 경찰이나 검찰의 조사는 죄를 입증하기 위해 수사하는 것이다. 따라서 피의자의 말을 귀담아듣고 조서에 적극 반영해 주었다고 불기소 송치되어 무혐의 처분을 하는 게 아니다. 경찰 수사관이 큰 틀을 잡고 조사를 한다면 검찰 수사관은 기소를 목적으로 법원에서 증거 능력으로 쓰일 진술, 즉 기소를 목적으로 한 질문을 할 가능성이 높다. 가령 사건 시간이 30분 정도 걸렸다 하면 경찰에서는 30분 걸렸다고 진술하면 그만이다. 하지만 검찰은 그 행동을 하는 데 어느 정도의 시간이 걸릴까요? 하고 묻는다. 20분이라 대답하면 나머지 10분의 비는 시간에는 무엇을 했나요? 하고 되묻는다. 처음엔 호의적인 질문을 하여 긴장을 풀어 주고 송곳으로 찌르듯 유죄를 찾는 질문을 한다.

이은주는 녹취파일이 있는 첫 번째 성관계는 문제 삼지 않았다. 다만 녹취파일이 없는 두 번째 성관계만 준강간으로 주장한 것으로 보였다. 은주는 강 대표와 통화할 때, 감정이 격앙되거나 떨기는커녕 차분하고 침착한 목소리였다. 오히려 그때의 상황을 조곤조곤 자세히 설명했다. 회사 대표에게 전화해 합의를 종용하고 재판에 유리한 자료로 활용하려 했던 것 같다. 하지만 강 대표가 그 의도를 차단하고 오히려 무장해제 시켜 은주의 전략을 알아냈다. 정재영 변호사는 이은주가 강덕준 대표와 통화한 녹음파일을 다시 틀었다.

"그게 언제였죠?"
"4일 저녁이요."
"이틀 전이네."
"네, 고깃집에 갔는데 처음에 저한테 어떤 거 먹을 거냐? 해서 '저는 음료수 안 먹어도 된다' 하니까, 맥주 마실래요? 해서 그러겠다 했는데 갑자기 소맥으로 마실래? 해서 그러자 했어요. 그렇게 먹고 나와서 처음엔 택시 태워 보내주겠다고 했어요. 그런데 자기는 1차 2차까지 마셔야 약간 좀 풀린다, 그래서 저도 맞장구를 쳐줬어요. '친구들이랑은 그 정도 마신다' 이렇게 얘기하니 술집으로 들어가시더라구요. 그래서 저도 어쩔 수 없이 따라 들어갔어요."
"몇 시쯤?"
"정확히 기억은 잘 안 나는데, 거기서 술을 먹고 나와서 제가 좀 술을 많이 마셔서 어떻게 모텔까지 갔는지 기억이 잘 안 나거든요. 근데 편의점에서 무슨 술을 하나 샀던 것 같아요. 정신을 차려보니 제가 회랑 청하를 먹고 있더라고요."
"둘이서만?"

"네, 그렇게 계속 먹다 보니까! 필름이 끊기고 하다 보니 잠이 들었어요. 근데 깨어나 보니까 저는 알몸 상태였고 그분이 위에서 그런 행위를 하고 있었어요. 그래서 너무 놀라서 씻으러 간 사이에 빠져나가야겠다고 결심했어요. 나간 다음에 5분도 안 돼서 저도 나와서 신고를 하게 된 거죠."

"신고를 했어?"

"…"

"…"

"콘돔은 착용했나요?"

"그것까지는 제가 기억이 잘 안 나요!"

"하지 말자고 했던 것도 기억나요?"

"제가 손으로 막은 것까진 기억하는데 그 이후로는 기억이 가물가물해요."

"그러면 김진수 지배인이 자고 있을 때 나온 건가요? 아니면…"

"저는 자는척하고 있다가 지배인님이 나가고 나서 제가 나갔어요."

"응."

"그래서 일단 정 과장님이랑 홍 과장님한테도 말씀드렸는데 정 과장님이 팀장님한테도 말씀드렸더라고요. 그래서 대표님도 아셔야 할 것 같아서, 용기 내서 말씀드렸습니다."

"너무 고마워요, 그래서 화요일 날 안 나오신 거죠?"

"네, 그때는 머리가 아프다고 말씀드렸어요."

강 대표는 날짜를 계산해 다시 물었다.

"사건 발생일은 화요일이네요."

"5일, 5일부터 7시, 새벽 넘어갈 때쯤 그 시간대였어요."

"그때부터 쭉, 오늘도 안 나오신 건가요? 계속…"

"오늘도 못 나갔습니다. 그 센터 가서 검사를 해야 하는 게 있어서."

"은주 씨가 바라는 건 뭐죠?"

"제가 말씀을 드리고 싶은 건 안정이 좀 되고 나서부터 일을 하고 싶어서…"

이은주가 강덕준 대표와 통화한 내용을 정리하면 술을 많이 마셔서 어떻게 모텔까지 갔는지 기억이 잘 안 나는데 정신을 차리고 보니 회와 청하를 먹고 있었다. 먹다 보니 필름이 끊기고 잠이 들었는데, '깨어보니 진수가 위에서 성교를 하고 있었다'고 했다. 너무 놀라서 아무런 저항도 못 하고 가만히 누워 있다가 진수가 씻으러 간 사이 빠져나가야겠다고 결심했다. 그리고 진수가 나간 뒤에 5분도 안 돼서 나와서 신고를 했다. 강 대표가 사건 발생시간을 물어봤을 때는 4일부터 5일 새벽 넘어갈 때라 했다가 성폭행을 당한 것은 피의자가 퇴실하기 얼마 전 일이라 했다. 여기서 연달아 두 번 성관계를 가졌다는 진수의 진술과 완전히 배치되었다. 방 안엔 CCTV도 없고 녹음도 하지 않아 진실은 두 사람밖에 모른다. 검찰 수사관이 '누구의 진술에 손을 들어주냐!'에 따라 기소하거나 기각하는 것이다. 녹취파일이 아예 없었다면 진수는 영락없이 기소되었을 것이다. 천만다행으로 첫 번째 성관계는 합의하에 이루어진 것이 밝혀졌다. 기소여부는 두 번째 성관계에서 '누구의 말에 더 신빙성이 있는지 없는지'로 판가름 날 수밖에 없다.

정 변호사는 검사의 조사에 앞서, 은주가 강 대표에게 범행시간을 5일 자정부터 7시 사이, 새벽 넘어갈 때쯤이라 한 점. 샤워를 마친 피의자가 나간 다음에 5분도 안 되어서 바로 나와 신고했다 했는데 파출소에 접수된 시간은 오전이 아닌 오후 7시인 점. 허위 사실을 알리며 처벌을 원한다 했지만 빚이 2천만 원 있다고 흘린 점. 회사 사람들에게 일일이 전화해 성폭행 피해자라고 알린 점. 성명불상의 남자친구가 술을 마시면 인사불성이 된다거나 직위를 이용해 성관계를 한 것처럼 몰아간 점. 성명불상의 친한 언니라는 여자가 '요즘 강간법도 강화되고 6개월 걸릴 건데'라며 합의를 종용한 점을 집중적으로 공략하기로 했다.

정 변호사는 준강간 혐의를 벗기 위해 첫 번째 성관계 이후 두 번째 성관계 사이에 어떤 일이 있었는지? 자세히 캐물었다. 진수는 샤워 후에 침대에 나란히 누워 이야기를 나누었다고 했다. '은주가 점집에 갔다가 동쪽에서 일하면 좋을 것 같다는 말에 취직하게 되었다. 그 과정에서 친한 언니가 알바몬에서 이 호텔을 찾아주었다. 전 남자친구가 도박을 해서 대출받은 빚이 1천만 원 정도 있다. 빚을 갚을 때까지 호텔에서 계속 일할 것이다. 어떻게 빚을 졌냐? 하니 그냥 안 좋은 친구들과 어울려서 빚을 지게 되었다. 그 외에 소소하게 친구들과 안면도 케렌시아에서 머물렀던 이야기, 평상시 검은색 투피스를 즐겨 입는다는 것, 과일은 딸기를 좋아하고 간편식을 자주 먹게 된다'는 시시콜콜한 내용까지 기억을 짜냈다.

준강간의 쟁점은 '심신상실, 항거불능 상태를 이용해 저지르는 성범죄인가?'이다. 단순히 술에 다소 취했다 하더라도 의식형성능력이나 저항력 등이 있다면 심신상실로 인정하지 않는다. 술에 취해 상호 동의하에 이른바 '원 나잇'을 즐긴 사람들을 준강간으로 처벌할 수 없는 이유도 여기에 있다. 문제는 '원 나잇' 후 당시 상황을 오해하거나 블랙아웃 현상으로 기억을 잃을 때 발생한다. 한 사람은 준강간이라 주장하고 다른 사람은 합의된 성관계라고 주장하며 당사자들의 진술이 대치되기 때문이다. 블랙아웃은 단지 기억만 못 할 뿐 심신상실은 아니다. 이도 저도 아니면 성관계 후 남녀 사이의 갈등이 빚어지거나 금전을 노린 범죄의 가능성이 높다. 당시 상황을 명료하게 밝힐 제3의 목격자나 증거가 없는 상태에서는 당사자의 진술만 가지고 상황을 판단해야 하는데, 성범죄는 그 특성상 피해자의 진술만 가지고도 범죄가 인정되는 경향이 짙다.

의학적 개념의 블랙아웃은 중증도 이상의 알코올 혈중농도, 특히 단기간 폭음으로 알코올 혈중농도가 급격히 올라간 경우 일정한 시점의 기억을 상실하는 것을 말한다. 쉽게 말해 '필름이 끊긴 상태'로 신체적으로 거동이 가능하지만, 당시 상황을 부분적 또는 전면적으로 기억하지 못하는 상태다. 일시적인 기억상실증인 블랙아웃의 가능성을 배제할 수 없어 피해자의 진술만으로 심신상실 내지 항거불능 상태에 있다고 보기 어려운 것이 기존 판결이다. 하지만 2021년 심신상실을 이유로 실형을 선고한 대법원의 첫 판례도 있다. 동의를 했어도 정상적인 판단을 못 할 만큼 만취 상태로 심신상실을 인정한 것이다. 10대인 B양이 화장실에서 구토한 뒤 기억이 없다는 주장을 인정한 이유가 몇 가지 있다. 친구의 신발을 신고 추운 겨울에 외투도 걸치지 않고 화장실에서 나오며 A씨를 만났다. A씨는 함께 간 술집에서 B양이 "한숨만 자면 된다."며 테이블에 엎드려 "모텔에 가자는 것이냐?" 물어 동의를 받았다 주장했다. 하지만 B양은 본인의 외투는커녕 노래방에 간 일행을 찾아갈 생각을 못 한 점. 친구의 신고를 받고, 경찰이 모텔에 온 것을 알면서도 옷을 벗고 다시 잠든 점 등을 근거로 '판단 능력에 심각한 문제가 발생한 상태'로 인정했다.

정재영 변호사는 과음으로 인한 심신상실을 인정한 판례를 찾아봤지만 이번 사건과는 전혀 무관했다. 저녁 8시부터 9시까지 1시간에 걸쳐 소주 1병과 맥주 2병을 나눠 마시고 9시부터 11시 30분까지 2시간 30분 동안 하이볼을 3잔씩 마신 점, 모텔에 도착

해서는 서로 종업원을 찾았고 객실에 들어가서는 새벽 1시 이후에 배달받은 광어회를 안주 삼아 청하 3병을 나눠 마신 점, 다만 30분 뒤 남자친구의 전화를 받은 뒤 술을 마시다 만 것으로 보아 블랙아웃과는 거리가 멀었다. 2시가 조금 넘어 1차 성관계를 했고 그 이후로 이은주와 김진수의 주장이 엇갈렸다. 이은주는 '아침 7시경 깨어보니 알몸인 상태였고 위에서 김진수가 성교를 하고 있었다' 했다. 김진수는 1차 성관계 후 얘기를 나누다 2차 성관계를 했다. '아침에는 성관계 없이 출근하기 위해 샤워하고 8시경 모텔을 나섰다'는 것이다.

이를 토대로 유추하면, 만취로 인한 심신상실보다는 성관계 후 남녀 사이의 갈등이나 금전을 노린 범죄의 가능성이 높았다. 남녀 사이의 갈등은 성관계 후 출근을 빼달라 했으나 거절당해 앙심을 품은 것일 수 있다. 하지만 징역 3년 이상의 유기징역을 보낼 만큼 큰 갈등이 아니기에 논리가 좀 부족했다. 남은 것은 애당초 금전을 노린 범죄의 가능성이다. 첫 성관계는 술김에 동의해서 괜찮고 두 번째 성관계는 동의하지 않았기에 범죄라 주장하는 것은 뭔가 어폐가 있다. 물론 첫 관계는 블랙아웃으로 기억하지 못하고 술이 깬 두 번째 관계만 기억할 수 있다. 하지만 한국의 법은 동의 없는 성관계를 범죄라 보고 있다. 단지 남자친구에게 들켜 자신의 결백을 입증하려고 준강간을 주장하기엔 설득력이 떨어졌다. 하지만 3명이 처음부터 범죄를 모의한 것이라면 충분히 개연성이 높았다. 정재영 변호사는 이은주가 공동정범인 신원미상의 남자와 신원미상의 여자와 함께 꾸민 것이라 결론지었다.

공동정범

  4년 전, 은주는 친구들과 함께 양평 두물머리에 놀러 가던 중 교통사고로 병원에 입원했다. 친구 3명과 탑승한 아반떼 차량이 1차로에서 2차로로 변경한 직후 추돌 사고를 당한 것이다. 가해 차량은 벤츠 차량인데 여기도 4명이나 타고 있었다. 벤츠는 3차로에서 2차로로 진입하다 아반떼의 후미를 들이받았다. 아반떼는 이미 차선에 진입하자마자 받쳤기에 피해차량이 되었다. 두 차량 모두 크게 파손되지 않았지만 운전자 포함 3명의 동승자 모두 인적 피해에 대한 합의금을 받았다. 보험사는 차로변경 중인 자동차와 충돌한 사고에 대해 자동차의 과실 비율을 80% 내지 90%까지 산정해 주었다. 또한 과실 비율에 상관없이 동승자에 대한 인적 피해 합의금을 지급했다. 은주는 입원치료를 마치고 보험금까지 잘 받아냈으나 뒤늦게 송사에 휘말렸다. 아반떼에 동승했던 친구가 다른 보험사기로 덜미를 잡혀 '고의사고 보험사기'로 함께 기소되었다. 은주는 단순 가담으로 100만 원의 벌금을 선고받았지만 보험회사는 탑승자 전원에게 2천만 원의 구상권을 공동청구 했다. 구상권은 대신 빚을 갚아주고 돈을 받아낼 사람에게 상환을 요구하는 권리이다. 각자 500만 원가량 부담해야 하나 보험사기 공범은 민사로는 부진정 연대책임을 져야 했다. 즉 4인 중 누구에게라도 변제 자력이 있는 1인에게 전액 청구할 수 있고 각각 500만 원씩 청구할 수도 있다. 어떠한 경우라도 전액 변제하지 않으면 채무는 소멸되지 않는다. 한 사람이 다 갚고 나머지 사람에게 구상권을 청구할 수도 있지만 다들 엇비슷한 처지였다. 은주도 수령한 보험금을 다 써서 진작 빈털터리였다. 가정 형편도 좋지 않아 부모님께 손을 벌릴 수도 없었다. 고등학교를 졸업하고 나서는 집을 나왔기에 연락마저 안 했다. 그동안 번듯한 직장을 갖지 못해 생활비가 떨어지면 알바를 했다. 가끔 남자친구 집에서 지내기도 했는데 이제는 빚까지 생겨 무조건 일을 해야 했다. 은주는 목돈을 마련하기 위해 한때 동업했던 희진에게 연락했다. 희진은 26살로 은주보다 2살 많았지만 4살 많은 대성과 동거 중이었다. 대성은 185cm의 큰 키로 앉은키보다 일어선 키가 훨씬 커 보일 정도로 다리가 길었다. 약간 마른 몸매에 껄렁껄렁한 걸음걸이가 아직도 몸에 배어 있었다.

희진은 10대 후반 유흥비를 마련하기 위해 조건만남을 했었다. 키도 167cm로 적당히 큰 편인 데다 몸매도 날씬해 남자를 쉽게 유혹했다. 이목구비도 뚜렷하고 얼굴도 작은 편이라 남자들이 끊이지 않았다. 그 과정에서 점점 대범해져 성 매수 남을 협박해 돈을 뜯어내기도 했다. 대성과 짜고 객실로 들어갔을 때 들이닥쳐 "미성년자인 내 동생과 성관계를 한다."며 협박해 금품을 갈취했다. 대성은 혼자보다는 주로 친구인 도상기를 끌어들였다. 상기는 고등학교 때 별명이 돼지라 불릴 만큼 덩치가 좋았다. 하지만 성 매수 남을 작업할 때 '돼지 잡자'라는 은어를 쓰다 보니 자연스럽게 돈가스로 바뀌었다. 한참 유행이었던 보이스피싱 사기범들은 돈 많은 사냥감을 일컬어 '돼지'라 불렀다. 그리고 범행을 실행할 때는 '돼지 잡는다'는 은어를 썼기에 여기서 따왔다. 성공한 사업가를 살찐 돼지라 했으며 뒤탈이 적었다. 합의금도 많고 사회적 명예 때문에 신고도 안 했다. 마른 돼지는 1천만 원도 받기 힘들지만 살찐 돼지는 기본이 5천만 원 이상이었다. 물론 합의금 액수는 정해진 게 아니지만 준강간 합의금은 대략 2천~3천만 원가량 했다. 그러니 찐 돼지만 잡으면 쉽게 목돈을 만질 수 있었다.

한때 잘나가던 희진은 고등학교를 졸업하고 나서는 2살 어린 은주를 통해 조건만남을 이어갔다. 희진이 성 매수 남을 물색하면 은주가 모텔로 유인하고, 대성과 상기가 돈을 갈취하는 구조였다. 18살 은주는 여름 방학 때도 희진이 찾은 성 매수 남을 컨택해 인근 스카이 모텔로 유인했다. 검은 뿔테 안경을 쓴 오타쿠 같은 남성은 순순히 걸려들었는데 은주가 미성년자인 것까지 알고 있었다. 그러니 대성과 상기가 모텔방에 들이닥쳤을 때는 자진해서 합의금 조로 500만 원을 상납했다. 오타쿠는 공무원이라 회사에 알려지면 좋을 게 없었다. 개인 사업자나 사기업이면 타격이 덜하겠지만 공무원은 품위유지 위반으로 바로 잘린다. 게다가 공무원 연금마저 받지 못해 500만 원보다 더한 금전적 손실을 볼 수 있다. 오타쿠는 친구로부터 알게 된 데이트 앱을 깔고 처음으로 성 매수를 시도하자마자 낭패를 당했다. 오타쿠는 작은 키에 펑퍼짐한 얼굴, 소침한 성격이라 지금껏 연애를 못 했다. 게다가 재산도 별로 없어 더 소심해질 수밖에 없었다. 하지만 돈을 뜯긴 것보다는 연애를 못 한 게 더 속상했다. 키 크고 잘생긴 친구들은 쉽게 원 나잇도 하는데 자신은 소개팅조차 번번이 차였다. 단체 미팅을 나가면 꼭 못생긴 여자들이 훼방을 놓아 페미들을 무척 싫어했다. 항상 제일 못생긴 것들은 자기가 못 갖는다고 친구도 못 가지게 파투를 냈다.

 예쁘고 능력 있는 여자들은 페미가 거의 없다. 남자들이 줄지어 쫓아다니고 띄워주는데 성평등을 주장하며 자신의 이익에 목맬 필요가 없다. 못생기고 능력 없는 여자들이 사생결단하며 페미니즘을 선봉하는 것이다. 페미니즘은 여성의 권리를 중요하게 여기는 것에서 시작된 여성의 권리와 주체성을 확립하고 강화해야 한다는 이론이다. 사실 말만 성평등을 외칠 뿐 유리한 고지를 점하려는 것이다. 가령 군 가산점제 같은 혜택엔 흥분하지만 여성도 군대 가자는 얘기는 입 밖으로 꺼내지 않는다. 교사시험에 군 가산점제를 없앤 것도 모자라 여교사가 부족하다고 '여교사 할당제'를 도입했다. 하지만 지금은 거꾸로 여교사가 70%를 넘어섰다. 특히 초등학교는 더 심각해 여교사 비율이 77.1%라 한다. 이제는 '남교사 할당제'를 시행해야 함에도 아직까지 함구하고 있다. 성비율을 맞춰야 한다고 주장하던 페미들이 이제는 모르쇠로 일관한다. 태생부터 성별이 다른데 자신에게 유리할 때만 성평등을 외치는 것은 문제다. 학교에 여교사가 많아져 오히려 남학생을 차별하는 일이 늘고 있다. 이런 불평등한 교육을 받은 남학생들은 정신적으로 중성화 내지는 여성화되고 있다. 진짜 양성평등이란 성별이 아닌 능력이나 법적으로 차별이 없어야 한다. 오로지 여성을 강조하여 이익을 취하면 안 된다. 그런데 페미들은 미투 운동으로 남성이 여성을 불신하게 만들어 연애를 못 하게 만들었다. 이런 사회적인 분위기 탓에 여성이 남성을 유혹한 뒤 성폭행으로 무고하는 일이 잦아졌다. 여성의 주장만으로도 기소를 해대니 꽃뱀들이 이를 악용한 것이다. 앞으로 출산 장려 운동보다는 꽃뱀 근절 운동을 벌여야 할 판이다.

사람은 누구나 자신보다 잘난 상대를 만나길 원한다. 그래서 잘난 남자와 잘난 여자 외에는 거들떠보지도 않는다. 같은 나라, 같은 공간에 있다고 누구나 연애를 할 수 있는 게 아니다. 고르고 고르다 혼기가 차서 어쩔 수 없을 때 그나마 자신과 비슷한 상대와 타협한다. 그렇지 않으면 자발적인 싱글이 나중엔 필연적인 솔로가 되는 것이다. 결과적으로 남자나 여자나 모두 비슷한 사람끼리 만난다. 일찍 결혼하는 사람들은 비슷한 사람을 일찍 찾은 것뿐이다. 혼기가 꽉 찼을 때 곁에 있어 결혼하는 것도 일종의 운이다. 오타쿠 같은 경우는 애초에 여성들이 관심을 가질만한 인물이 못 됐다. 여성에게 구애조차 못 하고 받아주지도 않는 그런 스타일인 것이다. 그러니 성 매수조차 못 하면 모태솔로로 늙어 죽을 수밖에 없다.

자연계의 수컷들은 짝짓기 주도권이 없어 암컷의 동의를 얻기 위해 구애하거나 다른 수컷과 경쟁해야 한다. 남성 또한 별반 다르지 않으나 유일하게 돈으로 짝짓기를 할 수 있는 동물이 사람이다. 그래서 재력 있는 남성들이 결혼하기도 쉽다. 성매매 금지법은 장애가 있거나 루저인 사람은 평생 자위나 하다 죽으라는 소리다. 아무리 성매매 금지법이 강화되어도 본능이 강한 수컷들은 짝짓기를 포기하지 않는다. 물론, 호스트바를 찾는 암컷들도 있지만 유흥종사자를 여성 접객원으로 한정하여 단속 자체를 할 수 없다.

'돼지' 잡는 사업이 번창하자 이를 모방한 무리들이 생겼다. 이 중에는 촉법 소년까지 가담해 성 매수 남을 각목으로 마구 때린

사건도 있었다. 성 매수 남이 비명을 지르며 싹싹 비는 소리가 어찌나 컸던지… 옆방에 투숙한 사람이 "어떤 아저씨가 빌면서 맞는 소리가 들린다."고 경찰에 신고했다. 경찰이 현장에 출동했을 때는 해당 객실은 비어 있는 상태였다. 하지만 경찰은 주변인 진술로 모텔에 출입한 용의자의 인상착의를 파악해 주변을 순찰하다 남성을 포착해 불러 세웠다. 하지만 남성은 경찰을 발견하곤 도주하다 붙잡혔다. 경찰은 CCTV 등을 토대로 다른 가해자 5명을 마저 붙잡았다. 성매매 단속이 심해지자 상기가 먼저 떠났고, 수익금 배분문제로 은주마저 떠났다. 그 뒤로 희진과 대성은 조건만남 사업을 접을 수밖에 없었다.

한국은 과거 공창제가 있었고 1947년부터 1980년까지는 공창과 사창이 공존했다. 그 뒤로 1980년부터는 사창만 존재했다. 매춘이 처벌 대상이 된 것은 1961년부터다. 하지만 단속은 느슨했고 1990년 조직폭력배의 인신매매로 인한 문제의식이 생겼다. 1996년 1월 6일 '윤락행위등방지법'의 개정안이 통과되며 처벌이 강화되고 실질화되었다. 하지만 1997년부터 2001년 사이 외환위기를 맞아 한국의 경제가 극히 어려워지자 성매매 관련 사건도 늘고, 조직폭력에 의한 여성의 인신매매 및 감금 행위도 발생했다. 2002년 군산 화재 참사로 성매매 여성의 참혹한 실태가 관심을 받으며 법이 강화되었다. 또한 2003년 9월 11일부터 연쇄살인을 벌이다 2004년 7월 15일 체포된 유영철을 계기로 성매매 피해자들을 보호하자는 여론이 일었다. 2004년 2월 26일 성매매처벌법이 긴 검토를 거친 뒤 1년 반 만에 국회 법제사법위원장의 발의로 통과되었다. 기존의 윤락행위등방지법이 성매매처벌법으로 개정되었다. 그 이후로 인신매매나 조폭에 의한 강제 성매매는 없어졌지만 2011년 3월 11일, 장자연 사건을 계기로 성 접대 항목을 추가하는 성매매피해자보호법 개정안이 통과되었다. 2015년 4월 3일 한국갤럽의 여론조사에 따르면 성매매를 법으로 금지해야 한다고 생각하는 사람은 61%인데 이 중 남성은 49%, 여성은 72%로 여성이 상대적으로 높았다. 이후에도 꾸준히 성 관련 범죄가 적발되어 성매매처벌법이 강화되었다.

시대에 따라 성평등의 개념은 계속 바뀌고 있다. 서양은 지금, 정치적 올바름이라는 PC주의가 성행하고 있다. 인종, 성별, 장애, 종교, 직업 등에 대한 편견이나 차별이 섞인 언어 또는 정책을 지양하려는 사회운동이다. 하지만 오히려 극단적인 선택을 강요하고 있다. 2024년 4월 미국 고용평등위원회(EEOC)에 추가된 내용으로 하원 청문회가 열렸다. 뉴욕 뉴스쿨 와일리 교수는 자신이 여성이라고 말하는 사람을 여성이라 주장했다. 따라서 "생물학적 남성도 여성이라 말하면 여성들과 같이 샤워를 할 수 있고 고용주는 이를 차별해서는 안 된다." 했다. 고용평등위원회(EEOC)에 이런 주장이 권고되어 청문회가 열린 것이다. 이런 사람은 학교에서 학생들을 가르칠 것이 아니라 정신병원으로 가야 할 것이다. 심지어 사라 넷번이라는 현직 뉴욕 남부지방법원 치안 판사는 종신 고용에 앞서 청문회에 참석했다. UCLA 법학대학원에서 박사학위를 취득하고 2012년부터 임기직 치안 판사 생활을 하고 있었다. 사라 넷번 치안 판사는 자신이 내린 판결로 청문회에서 추궁을 받았다. 범인은 188cm나 되는 거구의 남성으로 9세 소년을 강간한 뒤 17세 소녀도 강간했다. 감옥에서 풀려난 지 1년 후에는 아동 포르노 소지로 유죄 판결을 받았다. 그런데 술을 완전히 끊고 완전히 여성이 되었다 선언하자 "여성 수감자들과 함께 수용해야 한다."는 판결을 내린 것이다. 그 이유는 청원인이 재범할 위험이 있다는 징후는 없다는 것이었다. 우리는 이런 정신 나간 교수나 판사가 버젓이 일하는 동시대에 살고 있다.

한국의 경우, 동성 부부는 법적으로 혼인신고가 불가능하나 건강보험 피부양자 등록이 가능하게 되었다. 애초에 건강보험 공단은 배우자라 인정해 주었다. 하지만 언론에 알려지자 공단이 자격을 취소했다. 결국 소송으로 이어져 대법원이 "동성 동반자는 부부에 준할 정도의 경제적·생활적 공동체"라며 "동성이라는 이유만으로 사회보장제도에서 배제하는 건 인간의 존엄과 가치, 행복 추구권, 법 앞에 평등할 권리 침해"라 인정했다. 동성도 가족이라는 테두리를 넓게 해석한 것이라 보인다. 앞으로 남성이든 여성이든 둘이 한 집에서 경제적·생활적 공동체로 살면 1명은 건강보험 피부양자로 등록이 가능하게 될지도 모른다.

구세주

　희진은 조건만남 사업 이후 손을 씻고 착실하게 미용 기술을 배웠다. 그 결실로 작지만 반듯한 미용실에 취직해 돈을 모았다. 개인 미용실까지 꿈꿨으나 졸지에 거리에 나앉게 생겼다. 희진 몰래 전세금을 담보로 대출받은 대성이 코인과 주식에 투자했다가 떡락했기 때문이다. 대성은 주식 트레이딩을 하는 친구의 말만 믿고 손을 댔지만 투자전략이 없다 보니 매번 손해를 봤다. 돈이 된다는 주식만 초단타 매매를 했고 하락 시에는 머뭇거리다 손절 기회마저 놓쳤다. 6개월 만에 트레이딩룸 공동사무실 월세조차 내지 못할 지경이었다. 결국, 목돈을 마련하기 위해 둘은 새 사업을 찾았다. 여러 논의 끝에 단속이 뜸해진 '돼지'를 다시 잡기로 했다. 직접 나서는 것보다 가출 청소년을 데려다 돼지를 잡기로 했다. 부모가 방치한 아이들을 부려야 일하기 좋고 뒤탈이 생기지 않는다. 가장 큰 리스크는 부모가 찾아오거나 경찰에 신고하는 것이다. 청소년보호법에 의해 아동·청소년에게 성매매를 권유하는 이는 3년 이하의 징역 또는 3천만 원 이하의 벌금을 두들겨 맞을 수 있다. 또한 청소년의 성 매수는 1년 이상 10년 이하의 징역 또는 2천만 원 이상 5천만 원 이하의 벌금이 부과된다. 이에 반해 일반 성매매는 1년 이하의 징역이나 300만 원 이하의 벌금·구류 또는 과료에 처해진다. 미성년자 성 매수는 일반 성매매 사건과 달리 실형과 사회적 비난을 받기에 별도로 '아청법성매매' 또는 '아청법성매수'로 분류된다. 물론 성매매를 빙자해 돈만 뜯어내는 것이라 성범죄가 아닌 사기죄로 처벌될 수 있다. 하지만 성 매수자가 훨씬 더 높은 형량과 사회적 비난을 감수하면서까지 신고할 리 만무했다.

가출 청소년들이 모여 공동으로 생활하는 가출팸의 경우, 가족 해체·폭행과 같은 가정 내 불화를 피해 집을 떠났지만 온갖 범죄에 노출될 확률이 높다. 그 이유는 의식주를 해결하기 위해 집단을 이루게 되고 생활비를 마련하기 위해 범죄를 저지를 확률이 높다. 스스로 패밀리라 하지만 결속력도 약하고 청소년들이 할 수 있는 일은 별로 없다. 결국, 또래 학생들에게 금품을 갈취하거나 절도를 하는 등 온갖 범죄를 저지르게 된다. 또한 남녀 여럿이 혼

숙을 하다 보니 성폭행, 성매매 등 온갖 성범죄도 비일비재하게 일어난다. 실제로 가출 청소년 이 모(18) 군이 가출 여중생을 성폭행한 뒤 원조교제를 시키다가 적발되기도 했다. 이렇게 범죄에 노출될 확률이 높은데도 불구하고 집단을 이루는 이유는 '혼자서 생활하면 외롭기 때문'이다. 성인마저 외로움이나 치열한 경쟁으로 인한 스트레스 때문에 온갖 사이비 집단에 빠지는데 청소년들이야 두말할 나위 없다.

가출 청소년들이 외로움 말고도 여럿이 생활하면 생활비를 줄이기도 하고 혼자보다는 안전하다 생각할 수 있다. 하지만 양희진이나 박대성 같이 가출 청소년을 이용해 돈을 벌려는 사람들도 적지 않다. 2014년 발생한 김해 여고생 사건은 처음부터 계획적이었다. 가출팸이 전학 온 여학생의 가출을 부추긴 것은 물론 집을 나오자마자 감금하고 조건만남을 강요했다. 이를 함구하는 조건으로 보름 만에 집으로 돌려보냈으나 이 사실이 알려지자 다시 데려가 가혹행위를 했다. 이들은 여자 청소년 3명, 20대 남자 3명, 여중생 1명으로 알려졌으며 여고생이 숨지자 암매장했다. 가출팸들은 김해 여고생이 숨지고 열흘도 안 돼 다른 피해자를 살인했기에 남성 가해자 중 1명은 무기징역, 또 다른 1명은 35년 형을 선고받았다.

2023년 경기도 내 가출 청소년은 7,621명으로 집계되었다. 가출 청소년 모두 가출팸이 되는 것은 아니나 모집하는 글을 쉽게 접할 수 있어 구성원이 될 가능성이 높다. 당장 오늘 밤, 잘 곳을 해결하지 못하면 무리에 들어갈 수밖에 없다. 자칭 헬퍼라 부르며 가출 청소년에게 숙식을 제공한다는 글도 심심치 않게 있다. 이들은 가출 청소년을 돕는다 하지만 범죄를 저지를 가능성이 높다. 여성만 도와준다며 살림과 성관계를 조건으로 하기 때문이다. 가출팸 중에는 성인들로만 구성된 집단도 있다. A(27) 씨는 전과 26범인 리더 B(27) 씨와 전과 4범인 C(25) 씨의 폭행에 견디지 못한 무전취식으로 붙잡혀 감방에 가길 원했다. 이들은 여성인 D(26), E(24), F(24) 등과 함께 가출팸 생활을 했다. 이미 수차례 무전취식으로 동종 범죄를 저질렀으나 항상 A 씨만 혼자 남겨졌다. 경찰이 신원조회를 하니 B 씨와 C 씨는 이미 사기와 예비군 불참 등으로 벌금수배가 내려진 상태였다. B 씨와 C 씨는 경찰에 잡혔으나 A 씨의 협박혐의는 적용되지 않고 벌금만 납부하고 바로 풀려났다. 그 뒤로 A 씨를 폭행한 B 씨와 C 씨는 보폭폭행혐의와 다른 혐의로 다시 붙잡혔다.

희진은 가출 여학생에게 숙식 제공을 한다는 글을 계속 올렸으나 쉽게 낚이지 않았다. 여성 청소년만 가능하다 하니 자칭 찐헬퍼라는 자들이 자꾸 훼방을 놓았다. 대성이 봤을 땐 선의로 인한 방해보다는 자기들이 먼저 가로채려는 것으로 보였다. 무리 지어 사는 가출팸은 통제하기 어렵기에 혼자 있는 여학생이 필요했다.

희진은 조사각목 사건 이후 떠났던 은주에게 연락이 오자 쾌재를 불렀다. 조사각목은 가출 청소년들이 '조건만남 사기'로 미성년자 성 매수 남을 유인해서 각목을 사용해 돈을 갈취한다는 은어다. 은주는 아무리 생각해 봐도 2천만 원의 목돈을 마련할 길이 없었다. 그러니 전전긍긍하다 지푸라기라도 잡는 심정으로 희진을 찾았다. 은주는 희진에게 돈이 될만한 일은 무조건 하겠다 했다. 희진과 대성은 가출한 여학생을 찾는 대신 새로운 플랜을 짰다. 은주를 미끼로 준강간 합의금을 받아내기로 했다. 준강간도 3년 이상 10년 이하의 유기징역을 받을 수 있는 중범죄이므로 합의를 해야 실형을 면할 수 있다. 희진은 자신이 자주 다니는 점집에 은주를 데려갔다. 둘 다 점을 믿긴 했지만 은주가 더 절실했기에 무당의 말에 더 집착했다. 무당의 조언에 따라 이왕이면 돈이 많이 들어오는 터가 좋은 장소를 찾아보기로 했다. 무당은 동쪽에서 귀인이 나타나니 꼭 잡으라 했다. 희진은 자신이 도와주겠다고 설레발을 쳤다.

희진은 알바몬을 통해 은주의 집에서 동쪽에 있는 '나랑더 호텔'을 찾아주었다. 나랑더 호텔은 일반호텔이지만 다른 영업점도 있고 허들이 낮아 은주는 바로 합격했다. 요즘은 모텔보다는 호텔이란 명칭을 많이 쓰지만 이는 일반호텔로 분류된다. 사실 모텔과 호텔의 가장 큰 차이는 '어떤 법을 적용받는가'의 차이다. 호텔은 문화체육관광부가 관리하며 호텔의 등급을 정한다. 반면 모텔은 보건복지부의 공중위생관리법을 적용받는다. 1999년 공중위생법이 개정되며 여인숙, 여관, 모텔 등의 숙박업소에도 '호텔'이라는 명칭을 사용할 수 있게 되었다. 따라서 호텔 간판을 써도 사실은 일반호텔로 분류되어 짧은 시간 객실을 이용하는 대실도 가능하다. 일반적으로 떠오르는 여행 가서 묵는 호텔은 관광호텔을 말하며 대실 없이 1박 2일간의 숙박만 가능하다. 코로나19 이후 호캉스를 즐기는 사람들이 늘어 짧은 시간 객실을 사용할 수 있는 낮캉스 등의 패키지를 출시하기도 했으나 점차 사라지는 분위기다. 관광호텔은 음식, 운동, 오락, 공연, 세미나 등 관광객의 숙박에 적합한 시설을 갖추고 이를 제공해야 한다. 호텔의 등급은 퀄리티가 아니라 조식 제공 외 식음료 서비스, 레스토랑과 로비, 라운지, 회의장, 피트니스 센터 등 각종 편의시설의 유무로 평가한다.

은주는 나랑더 호텔에 취직해 남자 직원들과 잡담이나 하며 시간을 때웠다. 그러나 엄밀히 말하면 열심히 돼지를 찾고 있었다. 합의금을 가장 많이 받아낼 수 있는 사람이 누구인지? 물색했다. 처음엔 자신을 채용한 정운영 과장을 찍었다. 아직 27살 총각인데다 애인도 없고 돈도 제법 있어 보였다. 소문엔 비트코인으로 1억 넘게 벌었다 했다. 하지만 총괄 지배인이 왔을 땐 타깃이 바뀌었다. 집도 있고 외제차를 타며 월급도 제일 많이 받는다 했다. 호텔의 실질적 주인인 할머니 회장님이 아들이라 부른다는 소문도 있었다. 첫인상도 순해 보이고 교육한다며 체크아웃이나 마감하는 방법 등 쉬운 것만 알려주었다. 그리고 본인이 일을 다 해서 크게 신경 쓸 게 없었다. 교육을 받는 은주와 달리 진수는 머리가 복잡했다. 신입직원 교육을 하긴 하는데 강덕준 대표의 전화를 받고 어떻게 가르쳐야 할지 난감했다. 은주가 입사하고 나서 매출이 계속 떨어졌다. 카운터에 앉아 전화도 안 받고 직원들과 농담 따 먹기나 하니 계속 일이 밀렸다. 당번들이 은주의 주변에서 알짱거리며 대신 일을 해주다 보니 정작 객실 점검이나 카펫청소 등 해야 할 일을 못 했다. 호텔 일을 가르치는 것보다 일하는 마음가짐부터 가르쳐야 할 판이었다.

은주가 입사한 지 2주가 넘도록 아무런 소식이 없자 희진이 물었다.

"어떻게 잡을 놈은 있어?"

"아니, 아직 대시하는 놈이 없어서…"

은주도 많이 답답했다. 맞교대를 하다 보니 퇴근 시간도 다르고 좀처럼 기회를 만들지 못했다.

"그 새끼들 다 고자 아니야?"

"그건 아니고, 지배인이 격려 차원에서 신입직원 밥 사준다 했으니 기다려 봐야지!"

"야, 단체 회식은 좀 아니지!"

"사람이 없어서 그래, 다 해봐야 네다섯이야!"

"그럼 지배인을 잡아봐!"

"그 인간은 집이 멀다고 술도 안 마셔."

"그럼 건수를 만들어야지!"

희진은 무조건 둘만 있는 자리를 만들라 했다. 여자가 호감을 표하면 남자는 언제나 넘어오게 되어 있다. '따먹는다'는 말도 남자들이 다 지어낸 얘기다. 남자가 먹는 게 아니라 여자가 먹는다 해야 맞다. 누구 아랫도리에 입이 달렸는지? 생각해 보면 바로 답이 나온다. 고자가 아닌 다음에야 여자가 들이대는데 멀리할 남자는 없다.

은주는 진수를 잡기 위해 밥을 사달라 했다. 하지만 기회는 좀처럼 오지 않았다. 하필 감기로 몸이 안 좋을 때 진수가 교육을 한다고 찾아왔다. 다음 기회를 노리려 했으나 일주일에 한 번 찾아오니 내일은 없다. 설사 다음 주에 다시 교육을 받는다 해도 술자리를 갖는다는 보장도 없었다. 입사한 지 3주가 지났기에 일단 시도를 해봤다.

"지배인님 우린 언제 회식해요?"

"은주 씨 편할 때 해요."

"그럼 오늘 어때요?"

"아까 몸이 안 좋다 하지 않았어요?"

"덕분에 많이 좋아졌어요."

진수는 몸이 좀 안 좋다 해서 일도 안 시켰는데 괜찮다 하니 업무 얘기도 할 겸 저녁을 먹기로 했다. 이전에도 밥을 사달라 했기에 연거푸 거절하는 건 예의가 아니라 생각했다.

은주는 희진에게 바로 톡을 날렸다. '오늘 저녁 8시 지배인과 저녁' 지배인은 일근이라 저녁 6시에 퇴근하지만 은주는 오전 11시에 출근하여 저녁 8시까지 근무했다. 진수는 직원들이 저녁 식사를 하도록 일을 봐주고 7시 40분경 은주와 함께 호텔을 나섰다. 은주는 인근 식당으로 간다는 말에 희진에게 계속 알리지 않았다. 진수는 저녁만 간단히 먹으려 했으나 평상시 혼자 가기 힘든 고깃집으로 택했다. 데이트가 아니라도 첫 만남에 고깃집으로 가는 건 예의가 아니다. 남자들이야 신경 쓰지 않지만 여자들은 우아하게 먹는 모습을 보여주고 싶어 한다. 첫 만남부터 입을 크게 벌리고 고기를 욱여넣은 모습을 보이고 싶겠는가! 결코 편히 먹을 수 있는 음식이 아니다. 게다가 고기를 굽거나 기름이 튀는 데 신경 써야 하니 편히 대화를 나누기도 힘들다.

진수는 평상시보다 2시간 늦게 퇴근한 데다 용인까지 대리비를 쓰기가 아까웠다. 그리고 회사 카드로 결제할 거라 5만 원 선에서 끝내려고 고기만 주문했다. 대부분의 고기는 뜨거운 성질인데 돼지고기는 찬 성질의 육류다. 그래서 몸이 뜨거운 사람에게 잘 맞고 몸이 찬 사람에게는 맞지 않는다. 돼지고기를 먹고 배탈이나 폭풍 설사를 경험하는 이유는 기름진 것도 있고 찬 성질 때문이다. 그래서 감기 기운이 있는 은주에게 피해야 할 음식이었다. 고기 굽는 것마저 미뤘으면 최악이었으나 진수는 자기가 먹을 욕심에 직접 구웠다.

은주는 늦저녁 차가운 바람을 뚫고 따뜻한 실내로 들어오니 화색이 돌았다. 으슬으슬한 감기 기운도 포근해진 마음과 함께 녹았다. 은주는 노릇노릇 구워지는 삼겹살을 보니 술이 확 당겼다. 몇 잔 마시고 푹 자면 감기가 떨어질 것 같았다. 문제는 직원들이 사용하는 업무용 단체 톡에 술을 못한다고 올렸다. 그래야 술을 마시게 되면 '인사불성 상태에서 당했다' 말하기 좋을 것 같았다. 하지만 작업을 치려면 밥만 먹을 수는 없었다. 게다가 친밀한 분위기에는 술보다 더 좋은 것이 없는데 진수가 음료수를 권하니 눈치가 없다는 생각을 했다. 은주는 소주는 잘 못하지만 다른 술은 괜찮다며 맥주를 마신다 했다.
"지배인님은 정말 술 안 드세요?"
"아, 네 제가 운전을 해야 해서… 어떻게 술 한잔 더 하실래요?"
"네, 더 마셔도 될 것 같아요."
진수는 은주에게 맥주를 따라 주었다.
"몸은 좀 괜찮아요?"
"네, 저는 소주만 아니면 다 잘 마셔요."
찬 성질의 돼지고기에 찬 성질의 맥주보다는 따뜻한 성질의 소주가 궁합이 좋다. 진수가 삼겹살엔 소주만 먹는다 하자 은주가 소주를 권했다. 하지만 진수는 혼자 마시는 은주를 위해 정운영 과장을 부르려 했다.

"아뇨, 괜찮습니다. 오늘 정 과장 쉬는 날인데 오라 할게요."

"저기 지배인님, 정 과장님은 제가 불편해서…"

"왜요? 정 과장과 무슨 일 있어요?"

"아니 그게…"

은주는 순간 당황했다. 정 과장이 끼면 아무래도 작업하기 힘들 것 같아 머리를 굴렸다.

"사실은 정 과장님이 저를 좋아하시는데 제가 많이 부담스러워서…"

"그래요?"

진수는 정 과장이 은주를 채용했기에 친밀한 줄 알았는데 뜻밖의 반응이었다.

"제가 호감을 안 받아주면 정 과장님이 저를 나쁘게 얘기할까 걱정도 되고."

진수는 인원 관리도 하기에 고충 처리 또한 자신의 업무였다.

"정 과장이 은주 씨를 좋아한다 했어요?"

"직접 말한 건 아닌데 너무 눈에 보여요!"

"어떻게요?"

"제가 출근하면 제일 먼저 반기면서 먹고 싶은 거 없는지, 뭘 좋아하는지 자꾸 물어보는데 저를 좋아하는 게 너무 눈에 보여요."

"아, 그래요?"

진수는 일 처리를 잘해달라는 얘기를 하려다 오히려 은주의 고충을 들어줘야 했다. 앞서 강 대표는 진수에게 직원들이 새로 들어온 캐셔를 상전 모시듯 한다. 캐셔가 전화도 안 받고 일을 안 해서 직원들이 대신해 준다. 당번들이 농담 따먹기나 하며 캐셔와 붙어 있느라 정신이 없다. 그래서 정작 객실 점검이나 객실 청소를 아예 못 한다. 일을 배우려면 스스로 액셀도 하고 객실 정리도 해야 하는데 당번들이 대신해 준다. 그나마 정 과장이 있을 땐 매출이 나오는데 홍 과장이 있으면 매출이 안 나온다고 했다. 그래서 정 과장이 껄떡대는 줄 몰랐다.

은주는 의외로 자신의 말을 잘 들어주는 진수가 은근 끌렸다. 지배인으로서 인원 관리를 하는 것뿐인데 자신의 말을 잘 들어주니 친밀한 연인 같이 느꼈다. 진수는 업무 지적에 앞서 긴장을 풀어주려고 잡다한 얘기로 시간을 때웠다. 은주는 진수가 술을 마시지 않아 혼자 연거푸 들이켰다. 돌부처마냥 자신에게 관심조차 보이지 않자 더 오기가 생겼다. 게다가 한참 열받은 상태에서 업무 얘기를 꺼냈다.

"사실 은주 씨 오고 나서 매출이 많이 떨어졌어요."
"네, 왜요?"
"저희가 손님들 없을 땐 객실 점검도 하고 카펫 청소도 하고 바쁠 땐 청소 아주머니 도와서 이불도 갖다주곤 하거든요."
"네에…"
"그런데 당번들이 전화도 받고 예약관리도 하다 보니 그렇게 되었네요."

은주는 자신에게 왜 이런 말을 하는지? 몰랐다. 일에 관심이 없어 회사가 어떻게 돌아가는지 모르는 것이다. 물론 수습기간이라 업무를 파악할 시간도 필요했다. 일반 회사도 3개월 정도는 수습기간을 두고 일을 배우며 업무를 파악한다. 은주가 못 알아듣자 진수가 다시 말했다.

"저희가 매출을 올려야 하는데 은주 씨가 꼭 해줄 일이 있어요."

"뭘 하면 되죠?"

"객실 청소가 끝나는 대로 추가 등록하고 예약이 되면 바로 마감해야 해요. 안 그러면 매출이 안 늘어요. 가끔 방이 없는데 예약이 잡히는 경우도 있으니 항상 체크해 줘야 해요."

예약취소를 하려면 손님에게 양해를 구해야 하기에 상당히 번거로웠다.

"네, 그렇겠죠."

"수시로 예약 프로그램을 확인해서 관리해 줘야 하거든요."

"그래야겠네요."

은주가 고개를 끄덕였다.

"그리고 전화 응대도 잘해야 해요."

진수는 전화를 잘 받아달라는 대신 응대를 잘해달라는 말로 대신했다.

"제가 많이 부족하죠!"

"아니, 그게 아니고 처음 하는 일이니 그렇죠. 이제부터 배우면 되죠."

진수는 정작 해야 할 말을 했지만 괜스레 미안했다. 대표님이 말한 내용을 순화했지만 뭐 좋은 일이라고, 가냘픈 여성 앞이라 더 미안했다. 정 과장 얘기나 회사 얘기를 더 하다 보니 자연스럽게 술도 마시게 되었다.

"술을 못한다면서, 많이 마신 거 아닌가요?"
"저는 원래 술 좋아해요. 우리 2차가요."
진수는 갑작스러운 제안에 좀 당황했다. 집에 가서 쉬려 했는데 2차라니…
"다음에 하는 건 어때요?"
"아니요, 정 과장님에 대해 할 얘기도 있고…"
"그럼 2차는 가까운 곳으로 가요."
"네 맛있는 거 사주세요!"
진수는 잠시 망설였지만 고민이 있다는데 야박하게 거절하기도 그랬다. 어차피 술도 마셨겠다! 일단 결제를 하고 가까운 곳으로 가기로 했다. 날도 춥고 시간도 아끼려 했는데 마침 맞은편에 단도리라는 술집이 보였다. 다양한 안주와 증류주에 탄산음료를 섞은 하이볼도 팔았다. 일본 술이나 튀김, 꼬치류도 있는데 양이 얼마 안 되다 보니 저렴한 가격에도 불구하고 결코 싼 집은 아니었다.

은주는 맥주가 아닌 통 레몬 하이볼을 마시겠다고 했다. 진수는 소주를 마시려다 같은 걸로 주문했다. 다른 술을 마시는 것보다 이왕이면 같은 술로 먹는 게 여러모로 장점이 있다. 식성이 비슷한 것만으로도 상대방이 더 친밀하게 느낄 수 있다. 하지만 의도한 것은 아니고 단지 조금만 마시고 일어날 생각이었다. 술을 마시며 진수는 업장 매출을 올리기 위해 몇 가지 주의 사항을 알려주었다. 과장들과 친하게 지내는 건 좋은데 일할 때는 일에 집중해야 한다. 사회 초년생이라 어떻게 생각할지 모르겠지만 회사가 잘돼야 같이 잘되는 것이다. 일은 스스로 찾아서 하고, 해야 할 일은 미루지 말라고 당부했다. 은주는 진수의 말을 잘 들었다. 그러면서 정 과장 평계를 댔다.

"정 과장님이 자꾸 신경 쓰여요."

"정 과장이 뭐라고 하던가요?"

"저한테 잘 보이려 하는 게 너무 눈에 띄어서 불편해요."

"제가 정 과장한테 얘기해 보겠습니다."

"괜히 문제 되는 건 아니겠죠?"

"문제가 안 되게 해야죠."

"…"

"…"

"저는 정 과장님보다 지배인님이 좋아요."

"네에."

술을 마시던 진수는 깜짝 놀랐다.

"정 과장보다야 제가 더 낫긴 하죠. 인물로 보나 재산으로 보나

하…"

진수는 웃어넘기려 했지만 은주는 진지했다.

"진짜예요."

"아 네에, 생각 못 한 일이라 좀 당황스럽네요."

"저 별론가요?"

은주가 되물었다.

"아니 그런 건 아니고요."

진수는 침을 꿀꺽 삼켰다. 은주가 뛰어난 미모는 아니지만 그렇다고 빠지지도 않았다. 몸매도 날씬하고 정수리가 안 보일 정도라 168cm쯤 되는 것 같았다. 키도 큰 편인 데다 나이도 8살 차이라 싱그러운 모습 그 자체였다. 하지만 사내 연애는 생각도 해본 적이 없었다. 작은 호텔이다 보니 인원이 적어 그런 것이지 사내 연애는 빈번하게 일어난다. 아무래도 같은 공간에서 같이 일하다 보니 물리적으로 가까워질 수밖에 없다. 거리가 멀어지면 마음도 멀어지듯 반대로 거리가 가까워지면 마음도 가까워진다. 사내 연애의 장점은 같은 일을 하다 보니 대화가 잘 통하고 동료 얘기도 할 수 있다. 출퇴근이나 점심시간이 겹치므로 생활패턴이 자연스럽게 맞춰진다. 남자들이 많은 곳의 홍일점이나 여자들이 많은 곳의 청일점은 짝을 쉽게 찾을 수 있다. 아무리 못난 인물도 무리 중에서 제일 돋보이기 때문에 서로 차지하려는 심리가 있다. 사내 연애는 아무리 비밀스럽게 해도 결국은 주변에서 다 알게 된다. 사내 연애의 단점은 상대방에게 지속적으로 신경을 쓰다 보면 업무에 지장을 받을 수 있다. 싸워서 보기 싫을 때도 매일 봐야 하고 이별할 경우 서먹하고 어색한 분위기를 견뎌야 한다. 잘되면 좋지만 안 되면 괜한 구설수에 오르내리는 게 사내 연애다.

진수는 회사 업무와 개인 생활을 철저히 분리했다. 회사에서는 개인적인 일은 하지 않았고 오히려 집에 가서 회사 일을 할 정도였다. 회사에 매진하다 보니 선배들을 제치고 총괄 매니저가 되었다. 워라밸은 진작 요단강으로 보내 저 멀리 사별한 사이였다. 사실 목표가 없는 사람들이 워라밸을 찾는 것이다. 목표가 없으니 지금 당장 즐겁게 살면 그만이다. 무한경쟁 사회에서 누구나 하루 24시간은 똑같다. 능력이 아무리 뛰어나도 천재를 이길 수 없다. 하지만 천재는 모래사장의 돌멩이만큼 적기 때문에 결국은 노력한 사람을 이길 수 없다. 그런데 놀 거 다 놀고 남들보다 앞서려는 생각 자체가 하자인 것이다. 50조 부자 덴페냐는 워라밸이 가능하면 결코 부자가 될 수 없다 말했다. 자신의 자녀들조차 회사에 가장 먼저 출근하고 가장 늦게 퇴근하도록 가르쳤다. 세계적인 부자인데도 불구하고 자식들에게 자나 깨나 일하라 가르쳤다. 그런데 워라밸 타령을 하며 부를 이룰 생각은 어불성설인 것이다. 워라밸 자체가 인생 목표인 사람도 있겠지만 남보다 더 많은 부를 원하면 남보다 더 많이 일해야 한다. 빌 게이츠나 스티브 잡스, 일론 머스크보다 더 많이 일하고 있는가? 한 번쯤 생각해 봐야 한다. 성공한 사람들은 돈을 목표로 일하는 게 아니라, 일하다 보니 성공한 것이다. 뚜렷한 목표를 갖고 꿈을 꾼 만큼 성장하게 된다. 꿈은 자신이 경험한 만큼 또는 배운 만큼 커지게 된다. 원대한 꿈이 없어도 부자의 자녀가 빈자의 자녀보다 더 잘사는 이유는 이미 부모의 삶에서 영향을 받았기 때문이다. 학교에서 공부를 하는 것 또한 결국 자신과의 싸움인 것이다. 학생의 본분은 공부를 하는 것이고 직장인의 본분은 일을 하는 것이다. 그게 싫으면 자신의 일을 하면 된다. 요즘은 일을 안 하는 월급 루팡이 많아지고 있다. 목표가 좋은 직장에 들어가는 것이다 보니 정작 직장에 들어가서는 딴짓을 한다.

"저는 지배인님이 좋아요."

은주의 말에 진수는 머리가 복잡해졌다. 평생 살면서 몇 번이나 이런 말을 들어보겠나? 먼저 껄떡대지도 않았는데 여자한테 고백받는 걸. 호박이 넝쿨째 굴러들어 온다는 말이, 아니 넝쿨째 굴러들어 온 떡이지 않은가! 하지만 이내 정신을 차렸다. 몇 번이나 봤다고 이렇게 빠르게 연애를 하자 할까? 재력이 많은 유명인도 아니고, 배우 김수현처럼 잘생긴 것도 아니고… 하지만 이미 술이 들어가서 자뻑이 가득 차올랐다. 나 정도면 괜찮지! 집도 있겠다, 차도 있겠다. 월 200만 원이나 저축하며 1억 이상 미국 주식도 갖고 있다. 아니지, 집은 용인 변두리 빌라인 데다 대출로 다 뽑아 썼고, 차는 아버지 것이고, 주식도 손실 중이고… 머릿속에선 갈팡질팡했다. 사내 연애를 생각하지 않은 것은 일에 지장을 줄 것 같아 그런 것인데, 진짜 마음에 드는 이성이 나타나면 전혀 다를 수밖에 없다. 연애는 머리로 하는 게 아니라 감정으로 하는 것이다. 감정을 컨트롤할 수 있다면 한눈에 반한다는 말은 애초에 없었을 것이다. 물론 진수가 한눈에 반한 것은 아니다. 은주가 눈웃음을 치며 한눈에 반하게 만든 것이다. 한때 유흥주점에서 일했던 은주가 남자를 홀리는 건 누워서 떡 먹기였다. 그저 관심 가져주고 좋아한다 하면 남자들이 이성의 끈을 놓았다. 물론 얼굴이나 몸매도 받쳐주었기에 더 수월했다. 게다가 술은 모든 여성을 미인으로 만들어 주는 마력이 있기에 쉽게 넘어오게 되어 있다. 반대로 여성에게는 모든 남성을 미남으로 만들어 주는 역할도 했다. 평상시엔 거들떠보지 않는 이성도 술을 한잔 걸치면 예쁘게 보이는 법이다. 하지만 은주가 간과한 게 있었다. 진수는 애초에 집에 일찍 가려고 술을 입에 대지도 않았다. 간신히 구실을 만들어 먹이긴 했지만 훨씬 적게 먹었다. 그러니 작업을 치는 은주가 더 많은 술을 마셨다. 진수는 큰 키에 덩치도 있겠다. 돈도 있겠다. 자신과 달리 회사에서 인정받고 있겠다, 자신의 주변에서 흔히 볼 수 있는 사람이 아니었다. 술이 한잔 들어가니 제일 멋진 사람으로 바뀌어 작업이 진심이 되었다.

대부분의 여자들은 남자의 거짓말에 잘 속는다. 돈 많은 사업가라 접근하여 사업자금을 요구해도 믿고, 재벌 2세라 하며 아버지 몰래 쓸 돈이 필요하다 해도 믿는다. 강남에 몇천 평 땅 부자라 해도 믿는다. 그저 잘 차려입고 고급 차를 타고 다니면 진짜 부자인 줄 안다. 하지만 남자들은 이런 말을 들으면 거짓말인지 아닌지 궁금해서라도 뒷조사를 한다. 돈 많은 년이 자기보다 가난한 나한테 돈을 빌려달라는 말은 애당초 믿지 않는다. 하지만 여자들은 보이는 것을 쉽게 믿기에 잘 속아 넘어간다. 그래서 예쁜 여배우가 사기꾼에게 속아 결혼하는 경우도 심심치 않게 나온다. 은주 또한 거짓말하는 남자를 많이 만나봤기에 오히려 솔직한 남자를 좋아했다. 그러니 작업을 치면서도 한편으론 진짜 연애를 하고 싶었다. 이런 속내를 모르는 진수가 물었다.

"정말 사귀는 사람 없어요?"

"네."

"은주 씨 정도면 남자친구가 있을 것 같은데요?"

"지금은 없어요."

"그래요, 저도 혼자 지낸 지 한참 됐네요."

진수의 말에 은주는 입이 찢어졌다.

"…"

"…"

"그런데 제가 인천에 자주 못 오는데 괜찮아요?"

"전 그런 거 신경 안 써요."

"…"

"…"

"오늘부터 1일 차!"

"오늘부터 1일 차!"

은주가 잔을 들자 진수도 잔을 들어 연인이 된 날을 기념했다. 말을 주거니 받거니 화기애애한 시간이 흐르고 11시가 다 되었다. 진수는 술도 깰 겸 인근 노래방에 들렀다 나랑더 호텔 직원 숙소로 가려 했다. 내일 하루 더 인천에서 일하고 퇴근할 생각이었다. 하지만 은주는 돈도 아낄 겸 회사 노래방으로 가자 했다. 진수는 직원들에게 술 먹은 모습을 보여주기 싫었다. 더군다나 신입 여직원과 가서 노래를 부르는 건 만천하에 둘의 관계를 알리자는 거였다.

"은주야 그건 안 돼, 우리 사귀는 거 다른 사람들한테 비밀로 하자!"

"왜?"

"우리가 사귀는 거 알면 직원들이 너한테 편하게 대하지 못하잖아, 나 때문에 신경 쓸 수도 있고."

"나는 상관없어. 그렇게 해!"

진수는 직원들의 구설수에 오르는 걸 원치 않았다. 지배인이 신입직원 후린다는 소문이 나면 직원들에게 명이 서지 않을 것 같았다. 괜한 걱정 같지만 업무에 지장을 주는 건 싫었다. 공과 사를 구별하며 앞만 보고 왔는데 여자 문제로 시끄럽게 하고 싶지 않았다. 하지만 은주는 직원들에게 알려 자신의 지위를 높이려는 게 아니라 단순히 생각이 없었다.

"오빠 그럼 우리 노래방 가지 말고 한잔 더 하자."

"술 많이 마셨는데 괜찮겠어?"

"응, 우리 마지막으로 나가서 한잔 더 하자!"

"자정이 다 돼서, 갈 곳이 마땅치 않은데."

"방 하나 잡아서 마시면 되지!"

"집에 가야 하잖아?"

"오빠는 집에 가고 싶어?"

"아니, 나야 같이 있으면 좋지."

진수는 더 놀자는 말에 물 만난 고기처럼 아랫도리가 불끈 솟았다. 같이 자자는 말로 들려 몸이 먼저 반응했다. 한편으론 고민도 되었다. 괜히 모텔비만 날리고 집에 간다 하면 어쩌지! 하지만 은주는 찐 진심으로 보였다. 복권도 사야 당첨되는 법! 일단 저지르고 봐야 뭐라도 되는 것이다. 진수는 당장 야놀자 어플을 켜서 은주에게 물었다.

"그럼 빈방이 있나 검색해 보자."

"여기가 좋겠다."

둘은 핸드폰에서 별점이 많은 가까운 호텔을 골랐다. 이왕이면 같은 값에 서비스가 좋은 곳으로. 같은 업종에 있다 보니 세세한 혜택까지 따져가며 쌍끌이 어선마냥 낱낱이 훑었다. 함께 선택한 곳은 가성비가 좋은 깨끗한 호텔이었다. 호텔을 잡자마자 술집을 나설 때까지 오래된 연인처럼 마냥 신났다.

요즘 젊은 세대는 남자가 먼저 여자에게 구애하지 않는다. 몇몇

이들의 미투 운동이 도화선이 되어 남자들을 잠재적 성범죄자로 몰아세우는 분위기가 확산되었다. 심지어 여성가족부조차 유튜브 '성인지 강의'에서 남성을 잠재적 가해자로 만들어 논란이 되었다. 나윤경 전 양성평등진흥원장은 "여성들은 생존확률을 높이기 위해 의심하고 경계할 수밖에 없다."며 "남성들은 의심한다고 화를 내기보단 자신은 나쁜 남성들과는 다른 사람임을 증명하는 노력을 할 수 있다고 생각한다. 이를 시민적 의무라고 정의한다."고 밝혔다. 이 말에 "모든 유태인은 범죄자이며, 자신이 범죄자가 아니라는 사실을 증명하라."는 아돌프 히틀러의 논리와 다르지 않다. "내 세금이 이런 곳에 쓰이고 있었다니 어이가 없다."는 반응이었다. 이제는 연애하다가 감옥에 갈 수 있어 남자들이 스스로 울타리를 쳤다. 심지어 연인관계였다가 틀어지면 진담 반 농담 반으로 "성추행으로 고소하겠다."는 말까지 나올 정도다. 그래서 반대로 "남성들은 생존확률을 높이기 위해 의심하고 경계할 수밖에 없다. 여성들은 의심한다고 화를 내기보단 자신은 나쁜 꽃뱀과는 다른 사람임을 증명하는 노력을 할 수 있다고 생각한다. 이를 시민적 의무라고 정의한다."고 말해도 될 것 같다.

피해자의 일관된 진술만으로 처벌되는 사례가 늘다 보니 경찰조차도 '네가 죄를 짓지 않은 걸 증명하라!'는 식이다. 2022년 5월 16일 『조선일보』 기사에는 『조선일보』와 서울대 사회발전연구소 조사에서 20대 남성의 45.5%, 30대 남성의 35.3%가 '나의 의도와 상관없이 성희롱이나 성폭력의 가해자로 지목될까 봐 두렵다'고 답했다. 그렇지 않다는 응답은 각각 29.9%에 그쳤다. 20대 남성 10명 중 6명(60.1%), 30대 남성의 절반은 '성범죄 수사와 재판이 남성에게 불리하게 이뤄지고 있다'고 답했다. '성범죄 무고에 대한 공포가 과장됐다'는 주장도 있지만, 일부 남성들은 실제 무고를 당했을 경우 대응하기가 어렵고, 혐의를 벗는다 해도 피해를 회복하기가 어렵다고 토로한다. 남성 커뮤니티에서는 '직장 선배가 무고를 당했는데 회사 전체에 소문이 나 퇴사했다. 나중에 혐의를 벗었지만 업계에는 성범죄자란 소문이 퍼졌고 재취업도 사실상 불가능해졌다'며 '한 사람의 인생이 끝장났는데 책임지는 사람은 없다'는 글이 올라와 높은 조회수를 기록했다. 이에 무고죄는 무고당한 사람이 받을 수 있었던 형량의 2배는 돼야 한다는 댓글이 달렸다. 다만 성범죄 처벌을 강화해야 한다는 데에는 젊은 남성도 동의했다. 20·30대 남성의 70.1%는 '성범죄에 대한 처벌 수위가 지금보다 강화돼야 한다'고 답했다. 이들이 반발하는 부분은 남성 전체를 성범죄의 잠재적 가해자로 보는 시각이다. 20·30대 남성의 68.0%가 '남성이 성범죄의 잠재적 가해자라는 주장에 동의할 수 없다'고 답했다.

예약한 호텔로 향하던 진수와 은주는 술을 사려고 편의점에 들렀다. 간단한 안주와 술을 사려 했는데 은주가 청하를 먹고 싶다 하여 넉넉하게 3병을 샀다. 호텔 '두리자'에 들어가니 카운터에 사람이 없었다. 늦은 시간이라 직원이 자리를 비운 것 같아 둘은 주위를 두리번거리며 찾았다. 누가 먼저라 할 것도 없이 직원 찾기 게임을 하듯 "여기요." 하고 부르기도 하고 카운터 바닥을 '툭툭' 쳐서 소리를 내기도 했다. 작은 종을 먼저 발견한 은주가 손바닥으로 두드리듯 벨을 쳐댔다. 그 모습을 본 진수는 '많이 굶주렸나 보다' 하는 생각에 씩 웃었다. 하지만 직원이 나오지 않아 로비 주변을 맴돌았다. 얼마 후 직원이 나타나 진수의 손에 카드키를 건넸다. 그리곤 "객실이 여유가 돼서 업그레이드해 드렸습니다." 말했다. 둘은 직원의 말이 끝나기도 전에 누가 먼저라 할 것 없이 엘리베이터로 내달렸다. 6층에 내려 객실 번호를 보며 쭉 걸었다. 하지만 마음만 급해서인지 609호는 보이지 않고 복도 끝에 다다랐다. 왔던 길을 되돌아가 반대편에 있는 609호를 찾아 들어갔다.

어긋난 계획

객실로 들어가자마자 진수는 은주가 먹고 싶다는 광어회를 주문하고 먼저 샤워를 했다. 은주 또한 샤워를 하고 나서 가운을 걸친 뒤 타이밍 좋게 광어회가 도착했다. 바로 테이블에 세팅하고 청하를 꺼냈다. 둘이 주거니 받거니 술을 마시며 취기가 오를 때는 새벽 1시 30분이 다 되었다. 은주는 술을 마시다 말고 머리가 아프다며 회사를 쉬고 싶다고 했다. 진수는 아무리 봐도 멀쩡한데 회사를 쉬고 싶다는 말에 싸한 배신감을 느꼈다. 그래서 대화 중에 녹음을 했다.

"아니, 내가 머리가 아파서요."

"사장님이 알면 내가 곤란해!"

"나 정말 머리 아픈데요."

"안 돼."

"저 진짜 이렇게 먹다가 토해요. 한 번만 살려주세요. 하루만 딱 쉴게요."

"내가 할 수 있는 게 아니죠, 그건."

"그럼 누구한테 얘기해야 되죠?"

"아니 왜 술을 더 먹자 했어, 이렇게 힘들 거면…"

"더 먹고 싶으니까 먹자 했죠."

"여기까지 와서?"

"네."

"나랑 있고 싶어서 그런 거야?"

"네."

"날 이용하는 거 아니야?"

"네?"

"날 이용하는 거 아니냐고?"

"아니 이용할 거면 애시당초 이용했겠죠."

은주는 감기 기운 때문에 컨디션도 나쁜데 술까지 많이 마셔 정말 힘들었다. 진수가 쉽게 넘어오지 않아 이런저런 핑곗거리를 만들다 보니 술자리가 길어졌다. 술자리가 길어지다 보니 덩달아 술도 많이 마셨다. 정말 피곤하기도 하고 취기가 올라와 정신 줄을 놓기 직전이었다. 하지만 진수는 먼저 호텔까지 잡고 술을 마시자 해놓고 출근을 안 하겠다 하니 화가 났다. 직원들이 같이 퇴근한 걸 아는데 출근하지 않으면 '밤새 둘이 뭔 일이 있었나?' 의심할 것 같았다. 자신은 사내 연애를 알리고 싶지 않은데 은주는 알리고 싶어 안달이 난 것 같았다. 그러다 보니 '자신을 이용하는 것 아닌가!' 하는 생각마저 들었다. 사실 병가 처리를 해도 되지만 술기운이 올라와 이성적 판단을 못 했다. 은주 또한 꽐라가 되기 일보 직전이었다.

"와~ 진짜 이래서 진짜 남자 잘 만나야 되거든요."
"ㅎㅎㅎ 나는, 나 만나면 못 만나는 거야?"
"아니, 그건 아닌데…"
"응, 그러면요."
"지배인님 만나고 이제 좋은 남자 만나죠."
"오~ 나 만난 다음에?"
"그렇죠."
"날 이렇게 거쳐 간다?"
"그쵸."
"오~ 굿~"
"이제 스쳐 지나가는 거죠."
"오~"
"왜냐면 이제 제가 좀 나쁜 남자를 좀 많이 만나봐 가지고."
은주는 진수와 함께 있어 행복했지만 한편으론 두려웠다. 잠시 이용해 먹으려 했는데 계획대로 되니 오히려 겁이 났다. 진짜 연애하고 싶은 감정까지 섞여 고백 아닌 고백까지 했다. 은주는 술에 취해 횡설수설했지만 진수는 그만큼 취하지 않았다.

은주는 진수의 뱃살이 나왔네 안 나왔네 잡스러운 농담을 했다. 진수는 오늘 사랑을 많이 나누면 뱃살이 빠질 거라 했다. 그러면서 연애를 제안한 은주에게 물었다.
"오케이 했을 때 기분이 어땠어?"
"솔직히 기분이 좋았다가도, 좀 나빴다 해야 할까!"
"왜 나빠?"
"솔직히 말해서 거절할 수 있는 거잖아요."
"근데 거절 안 해서 나빴다?"
"나쁘죠."
"내가 거절을 할 줄 알았는데, 안 했다고 왜 나빠?"
"거절, 거절할 거라고 생각했으니까 나쁘죠."
"아, 처음엔 나빴다가 거절 안 해서 좋았다."
"네."
"그럼 순서가 잘못됐네."
"그죠."
은주는 무슨 말인지 못 알아들을 만큼 횡설수설했다. 진수는 먼저 대시한 은주가 고마웠고 은주는 거절 안 한 진수가 미웠다. 거절했으면 다음 기회로 미루려 했지만 너무 빨리 허락해서 희진에게 지시를 못 받았다. 한편으론 합의금을 받아내는 것보다 계속 사귀고 싶은 생각도 들었다. 어쨌든 멀쩡한 성인 남녀가 술만 마시러 호텔에 들어가지는 않는다. 술은 핑계일 뿐 이미 잠자리를 생각하고 호텔로 들어선 것이라 상관없었다. 일단 저지르고 천천히 생각해 보기로 했다. 은주는 그런 자신을 한탄하며 은연중에 욕을 했다.

"좆됐어요."
"아, 왜 그런 말을 입에 달고 살아?"
"남자친구가 안 생기니까!"
"나보고 남친 해달라며…"
"그건 맞죠."
"그런데 왜 그런 말을 해."
"있어도 이제 아무런 그게 없으니까요."
"뭐가 없어?"
"그게 없으니까, 기대가 없으니까."
"내가?"
"아니요."
"그러면?"
"그 남자친구 그 여자친구가…"
"뭔 말을 하는 거야? 진짜!"
"이해 못 했어요?"

"응."

은주는 취했는지 횡설수설하며 한동안 의미 없는 말을 이어갔다. 이때 진수는 은주의 핸드폰에서 새어 나오는 불빛을 봤다.

"너 뭐 한 거야? 녹음한 거야?"

진수는 은주 또한 자신처럼 녹음을 했나? 싶었다.

"아무것도, 아무것도 안 했어요."

"마이크 본 것 같은데."

"진짜 아무것도 안 했어요. 보여드릴까요?"

은주가 핸드폰을 내밀 때 화면에 전화 수신 표시가 떴다.

"뭐야 전화 오는데."

"잠깐 전화만 받을게요."

"응."

은주는 전화를 받자마자 느닷없이 성을 냈다.

"누군데 끊어, 왜 끊어."

"진짜 좆같은 년아…"

"씨발 끊어… 야 찾아와 봐 한번… 니 못 찾아올 거 다 알아… 지랄하네."

"병신 같은 년이."

"씨발 진짜 말이 존나 많네, 야, 찾아와 봐."

은주가 수화기 넘어 남자와 싸우자 진수는 그냥 끊으라 했다. 하지만 은주는 계속 통화를 했다.

"찾아와 봐, 야 씨발."

"그냥 끊어."

진수는 다시 말했지만 은주는 다시 성을 냈다.

"꺼져 내가 왜 바꿔야 돼… 찾아와 봐… 찾아와 봐!!! 좆 까는 소리 좀 하지 마 진짜로…"

진수는 뭔가 잘못 엮였다는 생각마저 했을 때 은주가 전화를 끊었다.

"왜 누군데. 이렇게 싸워!!!"

"전 남자친구."

"응, 전 남친이 왜?"

"몰라 자꾸 시비 걸잖아."

"언제 헤어졌는데?"

"작년에…"

"근데 왜 자꾸 전화를 해."

"몰라, 진짜 헤어졌다니까! 그냥 계속 전화 오는 거야."

"지금 헤어진 게 아니고 작년에 헤어진 게 맞아?"

"응 맞아. 11월에 헤어졌는데 자꾸 전화하는 거야."

"이상한 놈이네."

"그니까 걔 딴에는 이제 헤어진 게 아닌 거지."

"왜? 네가 헤어졌다며."

"내가 헤어지자고 얘기를 안 했으니까!"

"그럼 뭐야?"
"그 애는 그냥 나를 혼자 좋아하는 그런 애야."
"근데 사귀었다며?"
"사귀고 나서 바로 헤어진 거지."
"언제 헤어졌는데?"
"4개월 전에."
"근데 헤어지자는 얘기를 안 해서 계속 전화를 하는 거야?"
"응."
"4개월 동안?"
"아 진짜야. 진짜 나를 미치도록 계속 전화를 하는 거야!"

은주는 전 남친이 질릴 때까지 전화를 한다며 호텔에서 일하는 것까지 안다 했다. 진수는 호텔로 찾아와 깽판을 치는 건 아닌가 싶어 솔직히 말해달라 했다. 그러자 은주는 전화가 수시로 오다 끊긴다며 자기는 한 번도 전화를 해본 적이 없다고 했다. 하루 종일 전화가 오지만 받기 싫다고… 진수는 다시 한번 확답을 듣고 싶었다.

"근데 너 내가 좋아서 지금 여기 있는 거 맞지?"
"응, 그거 아니었으면 그냥 갔지."
"ㅎㅎ 다 먹었어요, 하고 갔어?"
"응, 근데 오빠가 좋으니까 안 간 거지."
"나도 좋아, 근데 네가 오늘 얘기할 줄 몰랐어."
"나도 그래."

"나는 너 전화 받는 거 보고 깜짝 놀랐다."
"왜?"
"네가 갑자기 쌍욕 하면서 싸우니까 그렇지."
"근데 솔직히 말해서 얘가 잘못한 게 맞잖아."
"뭔 잘못을 했는데?"
"그런 거 묻지 마 그냥 얘가 잘못했구나 해."
"헤어진 지 4개월 됐다며?"
"내가 오빠한테 관심 가지니까 그런 거지."
"그걸 어떻게 알아?"
"진짜라고!"

은주는 횡설수설했지만 진수는 자신을 좋아한다는 말에 더 이상 추궁하지 않았다. 오늘이 지나면 내일은 어떻게 될지 모르는 법, 오늘 밤엔 그저 즐기고 싶었다. 이미 2시가 넘어갔기에 슬슬 발동을 걸었다.

"얼굴 진짜 빨개서 귀엽다."
"뭔 소리야 안 귀엽잖아."
"피부가 너무 좋다."
"누구, 나?"
"응응 그러니까 내 거 하자."
"응."
진수는 은주의 얼굴을 만지며 가운을 풀어헤쳤다. 진수의 혀가 가

숨을 타고 아래로 내려가자 은주는 손으로 자신의 음부를 가렸다.

"손 치워봐."

"응."

"어우, 손 치워봐."

"응."

은주는 대답만 할 뿐 손을 치우지 않았다.

"싫어?"

"응응… 진짜 하지 마."

"진짜 하지 마?"

"너무 빠르잖아 오빠."

진수는 이미 흥분하여 아랫도리가 우뚝 솟아 있었다. 하지만 이내 정신을 차려 은주의 머리를 쓰다듬으며 말했다.

"알았어, 뽀뽀."

"응응."

진수는 다시 입술을 포개고 천천히 가슴을 어루만졌다.

"아야야, 아파."

"아 왜."

"너 싸패냐?"

"미안해 미안."

"혀를 깨물면 어떡해!!!"

"아 미안해, 미안."

"혀가 뜯기는 줄 알았어. 마비됐다고…"

진수는 느닷없는 봉변에 정신이 번쩍 들었다. 그러자 은주는 미안해 어쩔 줄 몰랐다.

"하지 말까?"

"아니야 왜?"

진수가 그만두려 하자 은주는 가운을 꼭 움켜쥔 채 눈웃음을 치며 교태를 부렸다.

"알았어 벗어봐!"

"안 돼."

"안 벗을 거야?"

"응."

"그럼 안 벗길 게, 네가 싫으면 안 하는데 이건 좀 이상해. 너 많이 먹었다고 하는데…"

진수는 은주도 술을 많이 먹어 더 안길 줄 알았으나 오히려 거부하자 이내 토라졌다. 하지만 말은 그렇게 했지만 욕정은 쉽게 수그러들지 않았다. 그 마음을 아는지 은주가 진수의 품으로 안겼다. 진수는 다시 애무를 시도했다.

"편안하게 나한테 맡겨봐."

"응, 알았어."

진수는 잠시 가슴을 만지다 몸이 달아오르자 바로 삽입을 시도했다. 그러자 은주는 또다시 손으로 음부를 가렸다.

"진짜 왜 이래."

"뭘 왜 이래, 부끄럽잖아!"

"나도."

 진수는 강하게 저항하는 것도 아닌데 음부를 가리니 은주가 앙탈을 부리는 것이라 생각했다. 하지만 이미 후끈 달아오른 진수와 달리 은주는 아직 몸이 열리지 않았다. 촉촉이 젖을 때까지 만져주길 원했지만 진수는 급했다. 남자는 몸이 먼저 흥분해 마음과는 무관하게 섹스를 할 수 있다. 하지만 여자는 마음이 먼저 열려야 몸이 열린다. 또한 한 번의 관계로 원치 않는 임신과 출산으로 이어질 수 있어 쉽게 몸을 허락하지 않는다. 본능적으로 자신과 자신이 낳은 아이에게 풍족한 재물을 안겨줄 남자를 원한다. 그래서 끊임없이 돈 많은 남자, 능력 있는 남자를 찾는다. 하지만 은주는 이런 조건보다 오만가지 갈등 때문에 몸이 열리지 않았다. '여기서 끝내고 없었던 일로 할까, 좀 더 연기를 해서 강간죄로 고소할까, 아님 진짜로 계속 사귈 것인가!' 온갖 갈등 중에 애무를 건너뛰고 바로 삽입하려는 진수를 보니 현타가 왔다. 아직 젖지도 않았는데 지 볼일만 보려 하다니! 그럴 바엔 차라리 빨리 끝내고 싶었다. 그 마음을 모르는 진수는 은주의 몸에 올라타 음부를 가린 손을 치워버리고 싶었다.

"손 좀 치워봐."

"내가 넣을게."

"뭐라고? 네가 넣는다고?"

"어, 내가 넣을게."

 은주는 진수의 음경을 덥석 잡아 자신의 질 안으로 쑥 밀어 넣었다. 진수는 눈을 감고 신나게 엉덩이를 들썩였다. 어느덧 둘은 하나가 되었지만 전희 없는 섹스는 그리 오래가지 못했다.

"아픈데…"

"아프기만 해?"

"아, 응."

"천천히 할까?"

"그냥 싸주면 안 돼?"

"뭐?"

"그냥 싸주면 안 돼?"

"안 싸고 싶은데."

"알았어, 미안."

하지만 진수는 아직 더 하고 싶었으나 은주는 그만하고 싶었다. 그 바람은 바로 찾아왔고 힘이 빠진 진수는 자신의 음경을 은주의 입에 들이밀었다.

"입으로 좀 해줘."

"응."

"이빨 대지 말고…"

"알았어."

"살살해 줘."

은주는 꽉꽉 물다시피 해서 진수는 비명을 지를뻔했지만 다시 발기되자 욕심이 생겼다.

"뒤로 돌아봐."

"싫어."

"왜? 문신 있어?"

"응."

"난 그게 더 섹시한데."

"안 돼."

"뭐가 안 돼. 돌아봐."

"서프라이즈."

"뭐 서프라이즈?"

"원래 안 되는데 되는 거야, 이렇게."

은주가 까르르 웃으며 뒤로 돌았다. 둘은 시시덕거리며 유희를 즐겼다. 조금씩 몸이 열리자 은주는 부끄러워하면서도 더 적극적으로 변했다.

"좋아 이거?"

"어, 좋아."

"안 아프지?"

"어 안 아파, 더 쑤셔도 돼, 오빠."

"뭐 더 쑤셔달라고???"

"응, 아아."

은주는 얼마 지나지 않아 아파하기에 진수가 물었다.

"말랐어?"

"괜찮아."

"괜찮다고?"

"뭐 그럴 수도 있는 거지."

은주의 말이 알쏭달쏭한 진수는 그만 끝내려 했지만 은주는 뒤늦게 몸이 달아올랐다.

"안 돼."

"임신하면 어떡해."

진수는 밖에 사정을 하려 했지만 은주는 오히려 안에다 사정하라 했다.

"상관없어."

"왜?"

"알빠…"

"알 바 없어?"

"응."

"네 애잖아?"

"응, 내가 키울게."

"나한테 양육비 달라 할 거잖아."

"아니야, 안 달라 할게 오빠!"

"뻥 치지 마!"

"아, 진짜야."

은주의 바람과 달리 진수는 자신의 음경을 빼내 은주의 배에다 사정했다. 그러자 은주는 정액을 손에 묻혀 진수의 몸에 발랐다.

"얻다 묻히는 거야? 이런 장난을…"

"자."

"뭐라고?"

"오빠 씻고 자라고!"

"그래 씻으러 가자."

"아니야."

은주는 몸에 묻은 정액을 닦지 않고 그대로 이불을 덮었다. 진수는 이불을 잡아당겼지만 이미 늦었다.

"야야 그거 이불에 묻잖아!"

"졸려!"

"내 거 묻은 걸로 그렇게 덮어, 씻고 자야지."

진수는 이불을 들춰 은주를 침대 밖으로 끌어낸 뒤 침대 시트를 벗겼다. 그리곤 은주와 함께 샤워를 했다. 씻고 나와도 격한 여운이 남아 둘은 침대에 나란히 누워 두런두런 얘기를 나눴다.

"친한 언니가 찾아줘서 취직하게 되었어."

"근데 그 점집 정말 잘 맞춘대?"

"응, 그렇다고 하는데. 오빤 점을 안 믿어?"

"응, 난 운명은 바꿀 수 있다고 믿거든."

"하지만 정말 안 풀리는 사람도 있잖아. 아무리 노력해도."

"글쎄, 안 풀린다고 노력하지 않으면 더 나빠지지 않을까?"

은주는 호텔에 취직한 걸 만족한다 했고 진수는 열심히 일하면 보상을 받는다 했다. 은주와 좋아하는 음식과 취미, 기타 잡다한 신변 이야기를 나누던 진수는 은주를 끌어안은 채 잠이 들었다.

자다 깬 진수는 오랜만의 데이트라 한 번 더 관계를 요구했다. 은주는 이번에도 부끄럽다는 듯 자신의 성기를 손으로 가렸다. 하지만 마지못해 승낙했고 두 번째 관계는 더 시시하게 끝났다. 술을 많이 먹어 발기도 잘 안 되는데 욕정을 채우느라 급급했다. 정 힘들면 손가락이라도 잘 썼어야 했다. 클리토리스를 질 쪽에서 위쪽으로 살살 터치하거나 돌려주고 왼쪽 오른쪽 중에서 더 잘 느끼는 곳을 자극했어야 했다. 이마저도 힘들면 곁에서 살살 자극하거나 좌우로 흔드는 방법도 있다. 여자마다 느끼는 부위가 다르기에 반응을 살피며 좋아하는 성감대를 찾아줘야 했다. 그런데 이런 모든 과정을 생략하고 진수는 자기 욕심만 채웠다. 제대로 만져주지 않으니 질이 말랐고 젤도 없어 여성 청결제로 대신했다. 애무를 제대로 안 해서 질이 말랐는데 자기 욕심에 삽입하기 급급했다. 욕정을 채웠으면 잘 살피기라도 해야 하는데 피곤한 은주에게 씻고 자라고 닦달했다. 이는 은주의 마음이 돌아서는 결정적 원인이 되었다. 진수는 아직 젊어서 힘은 좋았지만 경험이 없는 것이 문제였다. 게다가 두 번째 관계부터는 긴장이 풀어져 녹취도 안 했다.

이탈리아 '카사노바'는 희대의 난봉꾼으로 악명이 자자한데『내 인생의 이야기(Histoire de ma vie)』의 저자이기도 하다. 수많은 여성과 관계를 맺고 그 경험을 바탕으로 자신의 자서전을 썼다. 스스로 미화했지만 분명한 것은 쫓겨난 성직자였고 모험가이며, 시인이자 작가인 것은 확실하다. 여러 언어를 구사할 줄 알았고 승마,

펜싱, 춤 등 사교에 필요한 교양도 습득했다. 이뿐 아니라 고전문학, 법학, 자연과학 등의 지식을 쌓기도 했다. 이처럼 다양한 지식으로 수많은 여성을 쉽게 유혹한 것은 맞다. 카사노바는 여성과 관계를 갖기 전에 항상 15분 이상 애무를 해주었다고 한다. 그 방법은 여자의 발끝에서 머리까지 혀로 핥아 오르가슴을 느끼게 해주었다. 여자의 성감대는 69군데이며 일부라도 자극하면 하루 종일 오르가슴을 느낀다. 이런 오르가슴을 느껴본 여자는 10명 중 3명에 불과할 정도로 적다. 또한 100명 중 1명만 매번 느끼며, 10명 중 1명은 평생 느껴보지 못하고 죽는다. 카사노바의 바람기는 평생을 함께하고픈 젊은 여성을 만나며 끝났다. 결혼 전, 그녀의 어머니에게 인사하러 갔다가 출생의 비밀을 알게 되었다. 자신이 젊었을 때 관계만 갖고 차버린 여인이 낳은 딸이었다. 결국 참회의 심정으로 노년은 쓸쓸히 살다 마감했다.

『레 미제라블』의 작가 빅토르 위고는 사랑은 "길에서 사랑에 빠진 무척 가난한 한 남자를 만났다. 모자와 코트는 낡고 신발에는 물이 새고 있지만 그의 영혼으로는 별이 지나가고 있었다."고 했다. 제임스 조이스는 장편 소설 『율리시스』에서 "사랑은 사랑을 사랑하는 것을 사랑한다."는 애매모호한 표현을 했다. 영화처럼 한눈에 반하는 사랑은 없다. 하지만 심장을 뛰게 하는 사랑은 할 수 있다. 심장이 뛰면 사람들은 그걸 사랑이라 착각한다.

변심

은주는 아침까지 숙취가 풀리지 않아 머리가 아팠다. 평상시보다 많이 마셨고 늦게까지 관계를 가져 컨디션도 엉망이었다. 피곤한 데다 진수가 이른 아침부터 출근한다고 부산을 떨어 짜증이 났다.

"오빠 나 머리 아픈데 쉬면 안 돼?"

"뭔 소리야? 출근해야지!"

자신은 멀쩡히 출근하는데 은주가 또다시 출근을 안 하겠다는 말에 진수는 버럭 했다. 자신은 어떻게든 의심을 사고 싶지 않은데 은주는 오히려 어떻게든 알리고 싶은 듯했다. 하지만 이는 은주가 감기 기운이 있음에도 무리하게 술을 마신 것을 이해하지 못한 불찰이다. 여자가 아무리 술을 잘 마셔도 자신보다 덩치가 큰 남자 이상 마시기는 힘들다. 은주는 정말 힘들었기에 다시 한번 사정을 한 것이다. 진수는 그냥 쉬라하고 대신 '정 과장에게 아프다고 보고하라'고 하면 그만이었다.

연애라는 게 언제 어떻게 끝날지 아무도 모른다. 가슴이 두근거리는 사랑의 감정은 길어야 18~30개월밖에 지속되지 않는다. 남녀 간 호감을 느끼게 되면 신경 전달 물질인 '도파민'이 만들어져서 바라만 봐도 행복해진다. 그러다 사랑이 깊어지면 '페닐에틸아민'이 생성되어 누구의 말도 듣지 않는 정신적 마비 상태에 이른다. 이쯤 되면 사랑하고 싶은 감정과 충동을 느껴 뇌하수체에서 다량의 '옥시토신'이 분비된다. 이때 본능에 충실하면 사고를 치게 된다. 오르가슴을 느낄 때 '옥시토신'이 다량 분비된다. 이후 사랑이 안정화되면 '엔도르핀'이 생성되어 서로 소중하게 여기게 된다. 만남의 경로도 데이트 기간에 영향을 준다. 맞선은 5.8개월, 소개팅은 11.4개월, 한쪽의 대시는 21.5개월, 자연스러운 만남은 23개월로 각기 다르다. 어쨌든 결혼해도 2쌍 중 1쌍이 이혼하는 시대에 하룻밤 연애는 더 말할 필요가 없다.

은주는 야박하게 거절하는 진수가 미웠다.
"오빠 나 정말 머리 아파!"
"정 그러면 늦게라도 나와!"
"그냥 출근 안 하면 안 돼?"

"안 돼, 너 11시 출근이잖아, 더 쉬다가 나와!"

은주는 매몰차게 거절하고 출근하는 진수를 보곤 이불을 덮어 썼다. 은주는 하룻밤의 대가가 아닌 그저 피곤해서 쉬고 싶었다. 출근하려면 남자와 달리 화장하고 치장해야 하는데 너무 피곤하니 투정을 부렸다. 정상적인 상황이라면 회사에 연락해 병가를 쓰면 그만이다. 하지만 이성적 판단이 아닌 그냥 떼를 쓴 것이다. 사실, 괜찮은 남자라 생각해 진짜 사귀고 싶었는데 마음이 완전히 돌아섰다. 진수가 나가자 피곤한 몸을 이끌고 희진에게 달려갔다.

희진과 대성은 밤새 은주의 전화를 기다렸다. 기다리다 지친 대성이 연락했을 땐 은주가 다짜고짜 욕을 했다. 미성년자 조건만남처럼 현장을 덮쳐 협박하려는 건 아니었다. 그저 계획대로 거절하고 억지로 성관계를 하면 차후에 지배인을 고소하려 했다. 만일 거절한다고 성관계를 포기하면 다음에 관계를 갖도록 만들면 된다. 하지만 은주가 갑자기 욕을 하고 "찾아올 수 있으면 찾아오라."고 파투 냈다. 과거 성 매수 남을 호텔 입구에서 돌려보낸 전력이 있는데 이번에는 술에 취해 계획을 무시했다. 희진은 은주가 집에 들어오자마자 외쳤다.

"야, 이년아 도대체 어떻게 된 거야?"

"몰라 씨발, 짜증 나."

은주가 짜증 내자 대성은 화가 잔뜩 난 얼굴로 물었다.

"그 새끼하고 떡 쳤어?"

"떡 치면 뭐 해, 생까던데…"
"우리 계획 들통난 건 아니지?"
희진이 내심 걱정하다 물었다.
"응."
은주의 대답에 대성이 한심하듯 비웃었다.
"너 진짜 연애하고 싶었냐?"
"아, 몰라."
"야 이 미친년아, 누가 널 좋아해!"
"나는 뭐 좋아하면 안 돼?"

은주는 괜찮은 남자를 만나 지긋지긋한 생활을 청산하고 싶었다. 유흥주점에서 일했던 과거나 보험사기에 연루된 것도 다 잊고 싶었다. 진수와 얘기하다 보니 돈도 있고 능력도 있어 보였다. 물론 강남 부자들에 비하면 어림없지만 진짜 돈 많은 사람일수록 작업하기 힘들다. 재산도 적당하고 당당한 모습에 끌려 합의금을 받는 대신 진짜 연애를 하고 싶었다. 하지만 진수는 만만한 상대가 아니었다. 절제력이 강해 작업하느라 진짜 애를 먹었다. 이런저런 핑계를 대며 술을 권했지만 안 통해서 아무 문제 없는 정 과장까지 끌어들였다. 첫날은 식사만 했어야 했는데, 아니 계획대로 했어야 했는데, 괜한 짓을 했다고 자책했다.

여자가 먼저 고백하면 잘 안되는 경우가 많다. 작업을 위한 고백이 아니라면 정말 주의해야 한다. 남자가 고백을 받으면 자신이 대단히 매력적이라 착각하게 된다. 남자는 공주처럼 도도한 여자에게 끌리는 경향이 있는데 먼저 고백하면 여자의 매력이 감소한다. 여자는 수동적이고 감수성이 풍부하기에 감성을 자극받는데, 남자는 고백을 받아도 그다지 와닿지 않는 경우가 많다. 남자는 여자의 태도보다 여자의 매력을 더 중시하는 경향이 있다. 고로 예뻐야 잘 먹힌다. 남자는 관심이 있어도 관심 없는 척 내숭 떠는 여자에 끌리는 경향이 있어 먼저 고백하면 끌리지 않는다. 이런 속설이 있으나 남자의 취향은 제각기 다르기에 일반화하긴 힘들다. 여자들이 멋진 남자를 선택하지만, 때론 모성애로 지켜주고 싶은 남자를 선택하는 것과 같다. 다만 남자는 정복욕이 있기에 다루기 힘든 여자를 자신의 것으로 만들어야 직성이 풀린다. 그래서 여자가 먼저 고백하면 아무리 호감을 갖고 있어도 정복욕이 떨어진다. 여자가 사랑하는 남자는 떠나지만 여자를 사랑하는 남자는 떠나지 않는다. 희진과 대성은 은주의 과거를 들먹이며 현실을 알렸다. 호텔을 계속 다닐 자신은 있는지, 당장 돈이 필요한데 진수가 도와줄 만큼 본인을 신뢰하는지, 과거를 숨기고 연애를 한다 한들 얼마나 오래 갈 것인지. 그냥 잠자리 상대로 만난 것이다. 그러니 빨리 '합의금이나 받아내자'고 설득했다. 은주 또한 헛된 희망을 접고 합의금을 뜯어내기로 했다.

먼저 정 과장에게 전화해 "머리가 아파서 출근을 못 한다." 했다. 그리고 진수의 반응을 살폈는데 별다른 소식이 없었다. 진수는 사내 연애를 들키기 싫어 모른척했고 연락도 안 했다. 이에 대성은 각자 역할을 분담해 협박하기로 했다. 바로 준강간을 얘기하면 씨알도 안 먹힐 것 같았다. 경찰수사가 진행돼서 실형의 압박을 받아야 협상에 유리할 것이다. 따라서 시간을 충분히 갖고 합의금을 높여야 했다. 일단 고소 먼저 하고 회사 사람들에게 알려 협상 테이블에 나오도록 설계했다. 안 그러면 아예 발뺌하거나 연락을 안 받을 수도 있다. 은주가 잠시 쉬는 동안 희진과 대성은 어떻게 구라를 칠지 입을 맞췄다. 은주가 경찰에 신고할 때 어떻게 말한 것인지, 회사 사람들과 대표는 어떻게 압박할 것인지, 합의금으로 얼마를 제시할 것인지. 심리학에서는 동조현상을 3의 법칙으로 설명한다. 같은 행위를 하는 사람이 3명이면 다른 사람들이 그 행동에 동조하는 현상이다. 실제 실험에서도 수십 명이 다니는 횡단보도에서 한 사람이 하늘을 보면 아무도 동요하지 않는다. 두 사람이 하늘을 봐도 동요하지 않는다. 하지만 세 사람이 하늘을 보면 주변에 있던 모든 사람들이 하늘을 쳐다본다. 혼자 작업하는 것보다 여럿이 거들어야 효과가 좋다. 신천지도 새로운 신도를 포섭할 때 교인 여럿이 힘을 합친다. 성격유형별로 나누고 접근 단계도 체계화한다. 말도 안 되는 소리를 해도 여럿이 합세하면 동조하게 마련이다. 외눈박이 마을에 두눈박이가 가면 혼자 병신이 되기에 멀쩡한 눈을 가려 외눈박이처럼 행동한다. 따라서 회사에 알려 압박을 하면 어떻게든 반응이 나올 것이라 여겼다.

준강간 사건은 삽입을 해야 3년 이상의 유기징역을 받는다. '입구까지 갔나? 몇 센티 들어갔나?'로 다투는 이유가 그 때문이다. 합의를 하면 감옥에 가지 않기에 3년 이상 모을 수 있는 돈을 뜯어낼 수 있다. 현실적으론 2천만 원에서 3천만 원이지만 잘하면 5천만 원까지 받아낼 수 있다. 아니 그 이상 받을 수 있는 살찐 돼지도 있지만 김진수는 무리였다. 그래도 한 번의 잠자리에 2천만 원이면 짭짤한 수익이다. 소송을 하게 되면 가해자 측이나 피해자 측 모두 변호사를 통해 합의금을 정하게 된다. 따라서 가해자는 합의금 외에 변호사 비용 등 추가 자금이 들 수밖에 없다. 무고죄나 경제사범이 줄지 않는 것은 법조계와 생태계가 잘 구축되었기 때문이다. 수임료만 지불하면 변호를 해주기에 경제사범이나 꽃뱀들의 나라가 되었다. 일반인들은 평생 변호사를 볼 일 없지만 꽃뱀이나 경제사범들은 수임료도 잘 주고 자주 의뢰하니 평생 고객이다. 판사나 검사도 은퇴 후에는 변호사 개업을 하기에 변호사에게 박하게 굴지 않는다. 또한 법을 잘 아는 일반인보다 법을 모르는 변호사를 더 신뢰한다. 그래서 소송을 할 때는 변호사를 선임해야 승소할 확률이 크다. 아무리 죄가 없다 해도 변호사를 선임하지 않으면 유죄를 받을 수 있다. 무죄라고 혼자 변론하다가는 상대방의 거짓 진술에 말려 유죄를 받을 수 있다. 직접 증거가 없기 때문에 '누구의 진술이 더 타당한가!' 정황증거로 판단할 수밖에 없다. 그러니 혼자 상대하는 것보다 여럿이 머리를 맞대어 상대하는 것이 훨씬 효과가 좋은 것은 부인할 수 없다. 로펌의 성공

확률이 높은 이유도 그 때문이다. 변호사의 능력에 따라 유무죄가 바뀌면 안 되지만 아직도 '유전무죄 무전유죄'는 현실이다.

　희진과 대성은 합의금 조로 2천만 원부터 시작해 협상에 응하게 하고 상황을 봐서 3천만 원까지 받아내기로 했다. 변호사는 준강간 사건이라 '최하 5천만 원부터 받아주겠다' 광을 팔았지만 첫 사업이라 낮게 잡았다. 셋은 경찰서에 출두해 고소장을 제출하는 것보다 112에 신고하기로 했다. 112를 통하면 경찰이 다음에 할 일을 알려주기 때문이다. 대성은 남자친구로 위장해 압박하기로 하고 희진은 따로 지원사격을 하기로 했다. 하루 종일 계획을 짜는 동안 진수의 연락은 없었다. 저녁 6시 30분쯤에야 '머리는 괜찮아?' 하는 톡이 왔다. 은주가 답신을 하지 않자 수차례 전화가 왔다. 하지만 받지 않았고 112 신고로 출동한 경찰과 함께 파출소에서 피해자 진술을 했다. 장일구 경장은 피해자 진술을 끝내고 9시 30분경 김진수에게 전화했다. 진수는 용인 집에서 막 쉬려는 와중에 전화를 받았다. 장 경관은 구체적인 말은 하지 않고 "조사가 필요하다."고 했다. 파출소에선 "누가 언제 신고했냐?"는 질문에 "오후 7시경 여성분이 신고했다."고 답했다.

　대성은 은주가 돌아오자 진수에게 연락했다.
　"안녕하세요, 은주 남자친구입니다."
　"누구시라구요?"

"은주 남자친구입니다."

"그런데요?"

대성은 자신이 은주의 남자친구라며 나이도 속이고 같이 살고 있다고 했다.

"저희 집에서 거의 자고 출퇴근도 같이해요. 그리고 은주는 술을 못 마셔요."

진수는 남자친구와 헤어졌다고 믿었기에 되물었다.

"정상적인 연인 맞아요? 어제도 그렇게 쌍욕을 하던데."

대성은 "은주가 술을 못 먹는다.", "조금만 먹어도 인사불성이 된다."는 등 준비한 변명을 늘어놨다.

"그럴 리가요? 인사불성도 아니고, 지금 파출소 조사받으러 가거든요!"

대성은 진수가 허겁지겁 파출소로 간다는 말에 내심 기뻤다. 서두르는 만큼 빨리 합의를 볼 거라 믿었다. 하지만 전혀 뜻밖의 말을 들었다.

"저는 녹취파일이 있습니다. 가서 해명할 거니까 나중에 보시죠!"

"아니 저도 은주랑…"

대성은 녹취파일의 존재를 몰라 위축되었다. 은주가 실수한 것은 없는지? 진수가 전화를 끊으려 하자 다급히 되물었다.

"아니 저는 왜 같이 밥을 먹게 되었는지?"

"그건 은주가 계속 밥을 먹자 해서 처음 먹은 겁니다."

대성은 은주가 먼저 밥을 먹자고 했다는 것 말고는 별다른 내용이 없자 안심했다.

대성은 통화를 끝낸 후 셋이 머리를 맞댔다.
"야, 녹취파일이 있다는데 너 실수한 거 없어?"
대성의 지적에 은주는 고개를 저었다.
"실수하고 자시고 할 게 뭐 있어."
은주는 언제, 얼마나 녹음했는지? 전혀 가늠하지 못했다.
"그 새끼 구라 아냐? 그리고 오빠 좀 더 밀어붙일 순 없어?"
희진이 대성에게 눈을 흘겼다.
"그래야지!"
녹취파일에 어떤 내용이 담겨 있는지 몰라 셋은 전전긍긍했다. 합의금을 받아낼 마음에 한껏 부풀어 올랐는데 말짱 도루묵이 되었다. 다행히 5분도 안 되어 다시 전화가 걸려왔다. 대성은 둘에게 조용히 하라는 신호를 보내고 전화를 받았다.
"네."
"지금 파출소에 계신 건가요?"
"아니요, 제가 거길 왜 가요?"
"그래요."
"제가 상당히 기분이 안 좋거든요. 입장 바꿔서 생각하시면."
대성은 진수가 잠시 말을 멈춘 사이 기선제압에 나섰다. 하지만 진수가 바로 치고 들어왔다.
"저는 궁금한 게 은주가 전화 받자마자 쌍욕을 했잖아요."

"은주가요?"

대성은 몸도 안 좋은데 회식한다 한 뒤론 연락이 안 돼 싸웠다 했고, 수세를 만회하기 위해 다시 물었다.

"같이 근무를 하면서 따로 연락하고 썸 같은 걸 타신 건가요?"

"아니요, 그냥 저녁 먹자 해서 먹다가, 먹다 보니까 술까지 마신 거죠, 계속 술을 사달라 했어요. 심지어 방도 잡고 청하도 3병이나 사 들고 들어간 겁니다."

"마음이 있었던 건가요, 은주랑?"

"예, 2차에서 제가 좋다 하니까!"

"어떻게 은주는 부하직원인데 어느 정도 취했으면 집에 보내야 하는 건 아닌가! 저는 솔직히 그렇게 생각하거든요."

대성은 위계에 의한 준강간으로 뒤집어씌우려 했으나 진수는 은주가 원했고 녹취도 1시간 정도 했다고 발뺌했다. 대성은 녹취에 대한 실마리를 찾았고 더 이상 진전이 없자 통화를 끝냈다.

강간이나 준강간 고소를 해도 신고 당일, 모텔이나 집으로 경찰관들이 출동하지 않으면 조사는 고소장 접수 이후 대략 1, 2주 정도 지나서 잡힌다. 수사관이 피의자에게 전화를 해서 피고소인 신분으로 조사를 받아야 한다고 하면 출석 날짜는 최대한 미루는 것이 좋다. 준비 없이 바로 경찰조사에 임하면 어떤 돌발변수가 생길지 모른다. 상대의 거짓말에 반박하다 보면 상대의 프레임에 엮인다. 고소를 한 것 자체가 입장이 완전히 다르다는 뜻이다. 자신의 입장을 정리하고 변호사의 상담을 받아 대응 방법을 모색해야 한다. 준강간 현장 신고 사건은 따로 고소장이 없다. 정식으로 고소장을 낸 경우라면 조사 일정 전에 정보공개 절차를 통해 고소 내용을 확인하고 조사에 임해야 한다. 그전에는 경찰 수사관이 피의자에게 고소한 내용을 알리지 않는다. 대략 "언제 있었던 일로 고소장이 접수되었는데 짚이는 것 있으시죠? 진술하러 오셔야 하니 소명자료나 제출할 부분이 있으면 와서 진술하시면 된다."는 식으로 언질만 할 뿐이다. 고소 접수 이후부터는 고소인에게 따로 연락하지 말라는 주의 조치도 한다. 형사재판에서 공소가 제기된 범죄사실에 대한 증명책임은 검사에게 있다. 유죄의 인정은 법관으로 하여금 합리적인 의심을 할 여지가 없을 정도로 공소사실이 진정하다는 확신을 가지게 해야 한다. 또한 증명력을 가진 증거에 의하여야 하며 이와 같은 증명이 없다면 설령 피고인에게 유죄의 의심이 간다고 하여도 유죄로 판단할 수 없다(대법원 2001.8.21.선고 2001도2823판결). 하지만 현실은 확인할 수 없다는 이유로 객관적 증거 없이 피해자의 일관된 진술만으로 처벌하는 사례가 늘고 있다.

은주는 사건 발생 다음 날, 수요일 오전 11시가 다 되어 정운영 과장에게 준강간 피해 사실을 알렸다.

"지배인님이 밥을 먹자 해서 밥 먹다가 불미스러운 일이 생겼어요."

"네 무슨…"

"지배인님이 배가 고프다고 밥 먹으러 가자는데 제가 거절을 못 했어요."

"아 네…"

"고깃집에 갔다가 소맥을 마시자 해서 마시게 되었어요. 그렇게 먹고 나와서 택시를 태워 보내주겠다 하더니 자기는 2차까지 마셔야 한대요. 그래서 어쩔 수 없이 따라 들어갔어요."

"네 그래서요."

"거기서 술을 많이 마셔서 어떻게 모텔까지 갔는지? 기억이 잘 안 나는 거예요. 근데 깨어나 보니까 저는 알몸 상태였고 지배인님이 위에서 그런 행위를 하고 있었어요."

"제가 어떻게 하면 되죠?"

"경찰에는 신고했고, 오늘 해바라기 센터에 가서 검사하라 해서 출근을 못 해요."

"네 알겠습니다."

은주는 불미스러운 일로 출근을 못 한다 했으나 정 과장은 뜨뜻미지근하게 반응했다. 회사에 소문내지 않을 것 같아 홍 과장에게도 연락해 똑같이 말했다.

희진과 은주 그리고 대성은 좀 더 구체적으로 입을 맞췄다. 회사에 성폭행 피해를 알려 소문이 퍼지도록 했지만 호텔 대표에게는 좀 더 자세히 어필해야 할 것 같았다. 진수는 1시간 분량의 녹취파일을 들고 파출소로 간 뒤 깜깜무소식이었다. 저녁까지 소식이 없자 진수를 압박하고 상황을 파악하기 위해 호텔 대표에게 알리기로 했다. 미리 예행연습을 마친 은주는 저녁 8시쯤 나랑더 호텔 강덕준 대표에게 연락했다.

"저 이은주인데요. 제가 전화드린 것은 다름 아니라 지배인님이 밥을 먹자 해서 밥을 먹다가 불미스러운 일이 생겼어요."

"어떤 일이 있었는데?"

예상대로 직원들이 대표에게 준강간을 알리지 않았다.

"제가 좀 구체적으로 말씀드리기엔…"

은주는 처음부터 자세히 설명하려 했지만 일부러 말을 아꼈다. 강 대표가 편하게 말하라고 부추기자 그제야 다시 말을 이었다. 지배인이 밥 먹자 하는데 일한 지 얼마 안 돼서 사회생활이라 생각해 거절하지 못했다. 고깃집에 갔다가 소맥도 거절하지 못하고 마셨다. 지배인이 2차까지 마셔야 직성이 풀린다 해서 맞장구를 쳐주다 어쩔 수 없이 따라갔다. 강 대표는 중간중간 정확한 날짜와 시간 등을 물었다. 은주는 술을 많이 마셔서 어떻게 모텔까지 갔는지 기억이 안 난다. 편의점에서 무슨 술을 샀던 것 같은데 정신을 차려보니 회와 청하를 마시고 있었다. 술을 마시다 필름이 끊기고 잠이 들었는데 깨어나 보니까, 저는 알몸 상태였고 지배인님이 위에서 그런 행위를 하고 있었다. 강덕준 대표는 강제로 끌려간 것도 아니고 모든 과정을 기억하고 있으니 블랙아웃은 아니라 여겼다. 다만 동의 없는 섹스를 했다는 말로 들렸다. 결국 신고까지 했다는 말에 되물었다.

"콘돔은 착용했나요?"

"그것까지는 제가 기억이 잘 안 나요!"

"하지 말자고 했던 것도 기억나요?"

"제가 손으로 막은 것까진 기억하는데 그 이후로는 기억이 가물가물해요."

"그러면 지배인이 자고 있을 때 나온 건가요? 아니면…"

"저는 자는척하고 있다가 지배인이 나가고 나서 제가 나갔어요."

"응."

"그래서 일단 정 과장님이랑 홍 과장님한테도 말씀드렸는데 정 과장님이 팀장님한테도 말씀드렸더라고요. 그래서 대표님도 아셔야 할 것 같아서, 용기 내서 말씀드렸습니다."

은주는 해바라기센터에 가느라 일을 못 했다며 안정이 되면 출근하겠다 했다. 하지만 강 대표는 오래갈 사람이 필요하니 결정을 해달라며 금전을 원하는 것은 아닌지? 물었다. 은주는 빚이 2천만 원 있지만 금전적인 것은 아니라 했다.

"그럼 처벌을 원한다?"

"네, 맞아요."

"그럼, 김진수 지배인은 처벌하고, 일은 계속하고 싶다는 건가요?"

"네, 일은 해야 될 거 같아서."

은주는 강 대표가 합의를 권했으나 일부러 더 세게 나갔다. 하지만 그렇다고 마냥 밀어붙일 수도 없었다. 적당히 타협해야 하는데 강 대표가 적극적이지 않아 먼저 나서지 못했다. 먼저 합의를 요구하다가는 돈을 노린 범죄라 역공당할 수 있다. 강 대표 또한 분란만 조장하는 신입직원을 이참에 내보내고 싶어 중재하는 척만 했다.

은주는 통화를 끝내고 뭔지 모를 찝찝함이 밀려왔다. 정말 자신을 이해해 주는 것인지 아님 그러는 척하는 것인지 종잡을 수 없었다. 이제 남은 사람은 희진뿐이었다. 진수가 마지막으로 보낸 톡을 빌미로 합의를 유도하기로 했다. 희진은 다음 날 오후 1시가 넘어 진수에게 전화했다.
"안녕하세요, 저는 은주 친한 언니인데요."
"네, 그런데요."
"제가 은주한테 얘기를 들었는데, 그쪽 지배인님한테 강간을 당했다고…"
"전화한 목적이 뭐죠?"
"저도 은주에게 보낸 톡에 '마지막 기회란' 뭔지 그 의미가 궁금해서 전화드렸어요."
희진의 예상과 달리 진수는 너무나 당당했다. 합의는커녕 도리어 무고로 고소할 판이었다. 일단 "은주와 통화해 보겠다." 하고 전화를 끊었다. 기소당하면 풀이 죽어 먼저 합의를 보자고 사정하는데 진수는 완전히 달랐다. 녹취까지 하고 오히려 소송을 불사하겠다는 특이한 케이스였다. 녹취를 했다고 경찰들이 더 믿는 것은 아니다. 오히려 불순한 의도로 녹음한 것이라 의심할 수 있다. 1시간가량 분량이면 전부 녹음을 한 것이 아니기에 분명 떨어야 할 텐데… 녹취를 들어봐야 했다.

달리 뾰족한 방법이 떠오르지 않아 진수의 전략을 알아보기 위해 10분 뒤에 다시 전화했다.
"그러면 어떻게 하실 건가요?"
"뭘 어떻게 해요! 이미 신고했잖아요. 진상규명을 해야죠."
"네."
"뭐 들으셨겠지만 저는 남자친구가 없다는 것도 녹취했고, 그래서 만나기로 했는데 제 앞에서 남자친구와 싸우는 것까지 다 되어 있어요."

희진은 녹취파일을 보내달라 했지만 진수는 거절했다. 진수는 녹취파일을 제삼자에 넘기는 것은 불법이라 생각해 보내지 않았지만 당연한 조치였다. 녹취파일을 보내는 것은 전쟁 중인 적에게 작전 계획을 넘기는 것과 똑같다. 녹취파일을 들어보고 취약한 지점을 집중 공격 할 것이다. 처음부터, 녹취파일의 존재를 알리지 않았다면 은주가 준강간으로 고소할 때 마음대로 지껄였을 것이다. 그러면 쉽게 반박할 수 있는데 녹취파일을 알리는 바람에 소송이 힘들어졌다.

희진은 최대한 많은 정보를 얻기 위해 계속 대화를 시도했다.

진수는 주저리주저리 계속 자신을 변론했다. 2차에서 술을 먹을 때 저를 계속 좋아한다 했다. 저는 당연히 사귀는 줄 알았다. 직원들 출퇴근을 담당하지만 오너가 아니기에 근태는 권한 밖의 일이다. 남자친구 없다 했는데 경찰조사 받으러 갈 때 남자친구에게 연락이 왔다. 진수는 많은 말을 하고 끊었지만 이미 다 알고 있는 내용이라 희진에겐 별 도움이 안 되었다. 사람은 말을 많이 하면 실수를 하기 마련이라 최대한 말을 아껴야 한다. 희진과 대성 또한 정보를 안 주려고 이름조차 밝히지 않았다.

희진과 은주 그리고 대성은 난감했다. 진수가 합의는커녕 "오히려 성실히 조사를 받겠다." 하니 대책을 세워야 했다. 까딱하다가는 무고로 되치기당할 판이다. 희진이 마지막 통화를 끝내고 30분 만에 진수에게 연락이 왔다.

"네, 말씀하세요."

"아까 말씀 못 드린 게 있는데, 저희 대표님께서 화가 나셔서 회사 차원에서 변호사 선임해서 자문을 다 받았습니다. 제가 무고하다는 것을 변호사가 다 확인했고요. 이제 앞으로 저한테는 이런 통화가 없었으면 해서 전화드린 겁니다."

"저는 그냥, 은주가 물어봐 달라고 해서요. 그런데 무슨 변호사요?"

"어떤 거 말씀이세요?"

"회사 측 변호사는 회사 일에만 써야지 그걸 왜?"

희진은 회사 변호사를 쓴다는 말에 당황했다. 진수는 어느 순간 거만해진 말투로 회사 측에서 도움을 준 것이다. 업장에 다 알려지고… 말실수할 수도 있고 해서 앞으로 통화는 자중하겠다고 어깃장을 놓았다.

희진은 어찌할 방도가 없자 다음 날 새벽 5시에 꿈을 빙자해 문자를 보냈다.
'제가방금꿈을꿨는데 좋게잘풀생각은 없습니까? 그쪽이술먹고 전화해서 꿈에서'
'저한테 막 얘기를하네요'
'서로경찰서가야하고 요즘강간법도강화되고'
'6개월걸릴건데 서로 법정싸움까지가면'
'이게꿈인지!!! 진짜인지'
'그리고녹음파일 들려주는건 불법유포가아닙니다. 그럼저도 벌써경찰서잡혀갔겠죠'
'오만사람들한테 녹음파일들어보라고'
'다보내줬는데'
'은주가남친도 증인선다하고'
'제가볼땐 두분이서좋게푸는게 맞는거같아요. 갑자기꿈에서'
'꿈에서는대화가 그래도원만하게되던데'

희진은 자다 일어나 급히 쓴 것처럼 띄어쓰기 없이 단문으로 11

차례나 보냈다. 하지만 진수는 이 문자를 공갈로 보고 전 남친이라 주장하는 남자와 함께 공동정범으로 고발하기로 마음먹었다. 자신의 이름조차 밝히지 못하는 '성명불상'의 남녀가 공모하여 꾸민 범죄라고… 진수는 검찰의 피의자신문에 앞서 정식으로 정재영 변호사를 선임했다. 은주는 '아침에 깨어보니 동의 없이 위에서 그런 행위를 하고 있었다' 하니 두 번째 성관계만 문제 삼았다. 정 변호사는 첫 번째 성관계 이후 두 번째 성관계를 가질 때까지 진수가 무엇을 했는지 상세히 물었다. 시간이 한참 지났기에 진수는 기억을 되짚었다. 검찰청에 출두해 기억이 안 난다고 하면 무죄를 입증할 수 없다. 따라서 생각난 것을 조리 있게 정리했다. 정 변호사는 검찰이 신문할 만한 내용을 질문했고 진수는 이것을 따로 정리해서 외웠다. 검찰의 질문에 대답할 때는 불필요한 말은 싹 뺐다. 간단히 예, 아니오로 대답할 것을. 가정하고 추측하면 오히려 또 다른 오해를 불러일으킬 수 있다. 정 변호사는 검찰의 피의자신문에 동석해 신문이 끝난 뒤에는 이은주를 무고죄로 고소했다. 경찰이 사건을 검찰에 송치할 때는 사건과 관련된 자료와 증거를 함께 송부해야 한다. 하지만 이수정 경장은 김진수가 제출한 자료를 고의로 빼버렸다. 하여 검찰 수사관에게 녹음파일 및 협박 문자 캡처본 등 증거 자료를 다시 제출했다.

검찰 수사관은 증거불충분으로 '혐의없음'을 김진수에게 통지하며 이은주를 무고죄로 기소했다. 양희진과 박대성은 이은주의 말을 믿은 것뿐이라 주장하여 빠져나갔다. 이은주는 무고죄에 대하여 일부 무죄를 주장하며 김진수를 증인으로 요청했다. 만일 김진수가 페미 경찰에 이어, 페미 검찰에 페미 판사까지 만났다면 풀려날 수 있었을까?

방송인이자 사업가로 최고의 전성기를 구가했던 주병진 씨는 2000년 11월, 성폭행당했다는 강민지의 주장으로 징역 2년 6개월에 집행유예 4년 형을 선고받았다. 이미지 관리 차원에서 합의금을 준 것이 유죄의 정황으로 인정되었다. 하지만 피해자였던 강민지가 대학생이 아닌 룸살롱에서 일하는 술집 종업원이라는 사실이 뒤늦게 밝혀졌다. 이에 기소를 담당한 검찰은 학교에서 제적당한 사실을 알지 못했다 주장했다. 룸살롱과 나이트클럽의 업주들을 증인으로 신청한 끝에 다른 룸살롱의 주인인 최범수가 자신이 강민지의 여동생에게 비슷한 방법으로 성폭행범으로 몰렸다고 증언하기도 했다. 1심에서 증언했던 강민지의 친구들이 증언을 번복했고 CCTV 분석결과 친구 신 모 씨가 강민지의 얼굴을 훼손하는 장면이 나왔다. 그 대가로 강민지가 신 모 씨에게 수천만 원의 돈을 지불한 사실도 드러났다. 재판은 3심 대법원까지 가서야 '공소기각 판결'이 나왔다. 얼굴의 상처가 고의 훼손으로 밝혀져 친고죄로 바뀌었기 때문이다. 그 당시 강간치상 사건은 친고죄가 아니지만 강간죄는 친고죄였다. 친고죄는 1심 판결 전에 고소취하를 하면 사실관계를 따지지 않고 종료한다. 친고죄는 범죄의 피해자 또는 기타 법률이 정한 자의 고소·고발이 있어야 공소할 수 있는 범죄이다. 2013년 6월 19일부터 성범죄에 대한 친고죄와 혼인빙자간음죄가 폐지되고, 성폭력 범죄 피해자가 '부녀' 또는 '여자'에서 '사람'으로 변경되었다.

준강간은 벌금형이 없기에 드물게 기소유예를 제하면 징역형만 나온다. 피해자와 합의를 하고 선처를 받으면 징역형의 집행유예를 받을 수 있다. 합의를 해도 죄질이 나쁘면 엄벌에 처해져 합의시 문구를 잘 선택해야 한다. 고소인이 착각했다거나 홧김에 고소했다고 해야 원인 무효로 풀려난다. 미국이나 독일 등 일부 국가에서는 술이나 약물에 취할 때까지 먹는 걸 허용하지 않는다. 그래서 애초부터 그 범죄를 저지를 작정으로 깔라가 된 게 아니었다면 책임능력이 없어서 처벌할 수 없다. 피해자가 있지만 처벌을 하지 못하는 경우를 피하기 위해 독일 형법 제323조 a는 고의 또는 과실로 알코올 또는 약물로 명정상태(심신상실)에 빠져 범죄를 저질렀으나 원인에 있어서 자유로운 행위에 포함되지 아니하여 처벌하지 못할 경우 5년 이하의 자유형(징역) 또는 벌금형에 처하도록 규정되어 있다. 한국은 만취 상태인 심신상실에서의 범죄는 스스로의 판단 능력이 없어 동물적으로 행동한 것을 개인의 책임으로 보지 않는다. 따라서 범죄피해는 비극적이지만 본질적으로 사고로 본다. 다만 과도한 음주를 한 개인의 선택에 대한 책임을 묻는다. 그래서 범죄자들이 재판 시 술에 취했다고 변명을 하는 것이다. 범죄자의 입장에선 당연한 것이지만 형사절차에서 실체적 진실을 밝히기는 어려워진다.

2024년 9월 24일 새벽 12시 44분, 일면식도 없는 10대 여고생을 흉기로 살해한 박 모 씨(30)는 소주 4병을 마셨다고 주장했다. 만취 상태에서의 범행을 진술한 것인데 조사결과 2병만 마신 것으로 확인되었다. 모든 사람이 만취했다고 범죄를 저지르지 않듯 이제는 주취감형도 없어져야 할 것이다. 스스로 자제하지 못할 만큼 마시는 것은 마약을 하는 것과 다를 바 없다. 술만 먹으면 사람들에게 시비를 걸어 싸우는 사람은 아예 술을 먹으면 안 된다. 스스로 그 행위를 반복한다면 시비를 걸기 위해 술을 마시는 것과 다를 바 없다.

준강간 또한 술에 취했는지, 안 취했는지는 정작 본인도 모른다. 본인조차 술김에 저지른 일인데 만취한 상태에서는 심신상실이니 말이다. 심신상실이 아니어도 취한 상태에서는 올바른 판단을 하지 못한다. 그런데 둘이 멀쩡히 호텔로 걸어 들어갔다 나와서 준강간을 당했다 하면 합의금으로 돈을 받아낼 수 있는 나라가 한국이다. 성인 남녀가 술만 마시러 호텔에 들어가 잠도 안 자고 나올 수 있나? 당연히 잠자리까지 생각하고 들어갔을 것이다. 아니 잠자리까지 생각 안 했다 해도 개연성은 충분하다. 그런데 '준강간을 당했다' 고소하고 심지어 회사에 소문까지 내는 경우가 일상화되었다. 드러나지 않아서 그렇지 준강간으로 무고당한 사람이 차고 넘친다. 한국은 연애 후 싸우거나 돈을 노리고 저지른 범죄에 지나치게 관대하다. 이런 일이 자꾸 생기다 보니 의도하지 않은 성적 논란을 피하기 위해 2018년부터 '펜스 룰'이 급격히 확산되었다. 자신의 아내를 제외한 여성과 단둘이 무언가를 하지 않는 현상인데 미혼자마저 연애를 기피했다. 무고는 출산율에 영향을 끼쳐 나라의 존폐까지 위협하는 심각한 범죄다. 그런데 여자라는 이유로 관대한 판결을 내리는 경우가 많다.

무고죄는 무고당한 사람이 받을 수 있는 형량 이상 엄벌해야만 근절될 것이다. 여성 수사관 또한 남성이 잠재적 범죄자라는 편견을 갖고 수사해서는 안 된다. 범죄 행위가 발생했을 때 그 범죄 행위를 한 것으로 의심되어 수사를 받는 사람을 피의자라 한다. 하지만 재판에서 유죄 판결이 확정될 때까지 무죄로 추정해야 한다. 즉, 확정판결이 나기 전까지 피의자를 범죄자 취급을 해서는 안 된다. 그것이 헌법에 규정되어 있는 '무죄추정의 원칙'이다. 너무나 당연한 것인데 고소한 여자의 일방적인 주장으로 범죄자라 단정 짓는 경우가 허다하다. 헌법에 어긋남에도 동탄 헬스장 화장실 사건 같은 일이 공공연하게 벌어지고 있다. 동탄 헬스장 화장실 사건은 여성의 거짓 신고에도 경찰이 "떳떳하다면 그냥 가만히 계시면 된다."고 강압적으로 피의자를 입건한 사건이다. 다행히 피의자의 어머니가 헬스장에서 피해자의 거짓말을 녹취하여 누명을 벗었다. 유튜브에 억울한 사연이 소개되어 대중의 관심을 받았기에 혐의없음으로 '입건전조사종결'로 끝났다. 하지만 이런 기회조차 없는 사람들은 재판이 끝날 때까지 피가 마르는 고통을 받아야 한다. 애초에 잘못된 수사를 중간에 인정하는 경우는 거의 없기 때문이다.

 수사기관은 범죄를 수사하는 곳이라는 것을 절대 잊지 말아야 한다. 즉, 성범죄의 무고함을 밝혀주는 기관이 아니라는 것이다. 따라서 명명백백 가해자가 아니라는 점이 명확히 드러나지 않는 이상, 이미 범죄자라 인식하고 그에 맞는 증거와 진술을 확보하려 한다. 고소인(여성)의 입장에서는 "술에 취해 잠든 상태에서 당했다. 기억이 안 난다."라고 진술하면 그만이다. 동탄 헬스장 화장실 성추행 사건도 "누군가 여자 화장실 칸에 들어와 자신을 훔쳐봤다."는 거짓 신고였다. 수사관이 CCTV만 확인했어도 화장실을 비추지 않아 피의자를 특정할 수 없다거나 여성이 화장실에서 먼저 나왔기에 거짓임을 밝힐 수 있었다. 하지만 '명확한 증거 없이 여자가 얼굴도 모르는 타인을 무고 위험성을 감수한 채 신고할 거'라 믿지 않았다. 그래서 영장 없이 용의자의 집에 찾아가 강압적인 수사로 이어졌다. 피의자 입장에선 범죄를 저지르지 않았다고 입증하기까지는 지난한 과정을 거쳐야 한다. 이는 존재하지 않은 것을 증명해야 하기에 어렵고 때로는 불가능한 일이기도 하다.

돼지

초판 1쇄 발행 2025. 1. 14.

지은이 정재용
펴낸이 김병호
펴낸곳 주식회사 바른북스

편집진행 황금주
디자인 김민지

등록 2019년 4월 3일 제2019-000040호
주소 서울시 성동구 연무장5길 9-16, 301호 (성수동2가, 블루스톤타워)
대표전화 070-7857-9719 | **경영지원** 02-3409-9719 | **팩스** 070-7610-9820

•바른북스는 여러분의 다양한 아이디어와 원고 투고를 설레는 마음으로 기다리고 있습니다.
이메일 barunbooks21@naver.com | **원고투고** barunbooks21@naver.com
홈페이지 www.barunbooks.com | **공식 블로그** blog.naver.com/barunbooks7
공식 포스트 post.naver.com/barunbooks7 | **페이스북** facebook.com/barunbooks7

ⓒ 정재용, 2025
ISBN 979-11-7263-919-8 03810

•파본이나 잘못된 책은 구입하신 곳에서 교환해드립니다.
•이 책은 저작권법에 따라 보호를 받는 저작물이므로 무단전재 및 복제를 금지하며,
이 책 내용의 전부 및 일부를 이용하려면 반드시 저작권자와 도서출판 바른북스의 서면동의를 받아야 합니다.